Хаджи Мурат
Лев Николаевич Толстой

하지 무라트

톨스토이 지음
최인선 옮김

하지 무라트

초판 발행 2022년 10월 4일

지은이 톨스토이
옮긴이 최인선
발행인 송호성

펴낸곳 주) 화인코리아 출판사업부 화인북스
주소 인천시 남동구 남동동로 77번길 32
전화 032-819-2747
팩스 032-819-2748
전자우편 finebooks97@naver.com

신고번호 제 353-2019-000021호
신고년월일 2019년 10월 11일
제작 제일프린테크

ISBN 979-11-969168-5-5

Printed in KOREA

하지 무라트

톨스토이 지음
최인선 옮김

화인북스

일러두기

1. 이 책은 톨스토이 탄생 150주년을 기념하여 러시아 모스크바 예술문학출판사에서 발간한 톨스토이 전집 22권 중 14권을 원전으로 삼았다. 원전: Л.Н. Толстой, *Собрание сочинений в 22 томах* Т. 14. М.: Худож. лит., 1978.
2. 낯선 단어와 타타르어 및 기타 외국어는 각주로 뜻을 설명하였다. 타타르어와 기타 언어에 대한 풀이 중 일부는 리처드 피비어(Richard Pevear)의 번역본을 참조하였다.
3. 외래어의 표기는 국립국어원 외래어 표기법을 따랐다.
4. 프랑스 및 기타 외국어는 이탤릭체로 표기하였다.

하지 무라트

  나는 들판을 가로질러 집으로 돌아가고 있었다. 한여름이었다. 건초 수확이 끝나 호밀을 막 거둬들이기 시작할 무렵이었다.

  해마다 이 무렵이면 아름다운 온갖 꽃들이 들판에 수를 놓는다. 붉은색, 하얀색, 분홍색에 향긋함을 내뿜는 부드러운 클로버, '꽃잎을 하나씩 떼며 사랑을 점칠 때 쓰는' 우유빛 꽃잎과 퀴퀴한 악취가 나는 샛노란 꽃술을 지닌 오만한 나무쑥갓, 벌꿀 내음 가득 한 노란색 유채꽃, 연보라색과 하얀색이 감도는 종 모양 꽃들이 피어있는 맵시 나게 큰 초롱꽃, 땅바닥을 기고 있는 야생 완두콩, 노란색, 빨간색, 분홍색, 연보라색의 상큼한 체꽃, 연분홍빛 꽃망울을 가지런히 단 채 은은한 향내를 풍기는 질경이, 햇볕을 받거나 아직 한창일 때는 밝은 파란색의 꽃망울을 터트리지만, 저녁 무렵이 되거나 세월이 갈수록 점점 더 색이 바래져 붉은색이 감돌게 되는 수레국화, 부드럽고 아몬드 냄새가 나지만 금방 시들어버리고 마는 메꽃 등이 만발했다.

나는 여러 가지 꽃으로 큰 꽃다발을 만들어 집으로 돌아가는 길에 도랑에서 우리끼리 '타타르인'이라 부르는 심홍색으로 아름답게 활짝 핀 엉겅퀴꽃을 발견했다. 그 풀을 벨 때는 꽃을 베지 않도록 조심해야 하는데, 만약 실수로 꽃을 베면 손에 가시가 찔리지 않도록 던져버려야 한다. 나는 이 엉겅퀴꽃을 꺾어 꽃다발 한가운데 꽂고 싶었다. 도랑으로 내려가 꽃 가운데에 착 달라붙어 나른하게 단잠에 든 털북숭이 땅벌을 쫓아내고 꽃을 꺾기 시작했다. 하지만 엉겅퀴 줄기의 가시가 사방에서, 심지어 손수건으로 감싼 손을 뚫고 찌르는 데다 줄기가 매우 질겨 줄기 결 하나하나 찢으며 5분가량 씨름하느라 매우 힘들었다. 마침내 꽃을 꺾었을 때 줄기는 이미 너덜너덜해졌고 꽃은 더이상 아름답지도 싱싱하지도 않았다. 더구나 거칠고 조야한 꽃은 나의 꽃다발 속 우아한 꽃들과도 어울리지 않았다. 나는 본래 그 자리에 있었으면 아름다웠을 꽃을 쓸데없이 파괴해 버렸다는 생각에 애석한 마음이 들어 꽃을 휙 던져버렸다. '하지만 얼마나 강한 에너지와 생명력인가.' 나는 엉겅퀴꽃을 꺾기 위해 들였던 노력을 떠올리며 생각했다. '정말 완강하게 자신의 생명을 지켜내고, 아주 고결하게 버티다 생명을 내 놓았지.'

집으로 돌아가는 길은 막 쟁기질을 끝낸 검은 밭의 휴경지를 가로질러 나 있었다. 나는 먼지투성이의 검은 밭을 따라 완만한 비탈길을 올라갔다. 쟁기질 된 밭은 지주의 것으로 매우 넓어, 길 양쪽과 멀리 언덕 꼭대기에 이를 데까지 평평하게 쟁기질 된 밭고랑과 축축한 검은 휴경지 외에는 아무것도 보이지 않았다. 쟁기질이 잘 돼 있어서 살아 있는 식물은커녕 풀 한 잎도 보이지 않았고 온통 검었다. '인간은 정말 파괴적이고 잔인한 동물이야. 자신의 생을 유지하기 위해 많은 생명체와 식물들을 말살하잖아.' 나는 죽음과 같은 검은 흙 속에서 나도 모르게 살아 있는 생명체를 찾으면서 생각했다. 앞 오른쪽 길가에 작은 덤불이 눈에 띄었다. 가까이 다가가 보니 내가 공연히 꽃을 꺾어서 던져 버렸던 '타타르인'과 같은 종류의 덤불이었다.

'타타르인'이라 불리는 덤불은 세 가지로 이루어져 있었다. 하나는 부러져 있었고 가지의 남은 부위는 잘린 팔처럼 튀어나와 있었다. 다른 두 가지는 꽃이 피어 있었다. 이 꽃들은 한때는 붉은색이었지만 지금은 검은색이었다. 가지의 줄기 하나는 가운데가 부러져 그 끝에 핀 꽃은 검은 흙이 묻어 더러워진 채 아래로 축 늘어져 있었다. 다른 줄기는 검은 흙이 묻어 더러웠지만, 여전히 위로 꼿꼿하게 고개를 쳐들고 있었다. 수레바퀴가 덤불 전체를 밟고 지나간 것이 분명해 보였다. 고개를 치켜들었지만 다소 비스듬히 누워 있는 듯한 모습이 이를 방증한다. 마치 몸의 한 부분이 찢기고, 창자가 터지고, 팔이 잘리고, 눈알이 튀어나온 것과 같은 모습이었다. 하지만 주변의 모든 형제를 말살시킨 인간에게 굴하지 않는 듯 여전히 꼿꼿이 서 있었다.

'대단한 에너지야!' 나는 생각했다. '인간은 모든 것을 정복하고 수백만 종의 식물을 파괴했지만, 이 식물은 여전히 이에 굴복하지 않았어.'

이런 생각이 들자 나는 오래전에 들었던 한 캅카스인의 이야기가 떠올랐다. 그 이야기는 내가 직접 목격했던 부분과 목격자한테서 들었던 부분, 그리고 내가 혼자 상상했던 것으로 구성되어 있다. 내 기억과 상상 속에서 구성된 이야기는 다음과 같다.

I

1851년이 끝나갈 무렵이었다.

11월의 추운 저녁, 하지 무라트는 호전적인 체첸인의 아울[1]인 마흐케트로 말을 몰았는데, 그곳은 향기로운 키쟈크[2] 연기가 자욱했다.

무엣진[3]의 긴장된 성가가 막 잦아들자, 키쟈크 연기 냄새가 짙게 밴 산의 맑은 공기 속으로, 논쟁하는 남자들의 굵은 목소리와 샘터에서 여자들과 아이들이 떠드는 소리가 벌집처럼 촘촘하게 밀집한 아울의 사클랴[4] 사이로 돌아다니는 암소들과 양들의 낮은 울음소리를 넘어 또렷하게 들렸다.

하지 무라트[5]는 샤밀[6]의 나이브[7]로 큰 공훈을 세운 것으로 유명했

---

1) 타타르의 마을.
2) 동물의 배설물과 짚으로 만든 연료.
3) 이슬람 사원에서 예배 시간을 알려주는 사람.
4) 캅카스 지역에서 진흙으로 만든 전통 가옥.
5) 하지 무라트(1816-1852)는 19세기 이맘 샤밀의 부하로 명성이 자자한 전사였다.
6) 이맘 샤밀(1797-1871)은 캅카스의 다게스탄에 있는 이슬람교도 부족의 지도자로 그들의 땅을 합병하려는 러시아에 맞서 대항하였다.
7) 이맘 샤밀이 임명한 장수를 뜻한다.

는데, 그는 항상 자신의 깃발을 앞세우고 기마 곡예를 하는 수십 명의 뮤리트[8]를 수행하지 않고는 절대 외출하지 않았다. 그런 그가 지금 바실리크[9]와 부르카[10]로 몸을 감쌌는데 그 부르카 밑으로 라이플 소총이 삐죽 튀어 나왔다. 그는 한 명의 뮤리트를 데리고 말을 몰면서 가능한 사람들 눈에 띄지 않도록 노력하며 길에서 마주친 사람들을 민첩한 검은 눈으로 주의 깊게 바라보았다.

아울 중앙으로 들어선 하지 무라트는 광장으로 이어지는 길에서 벗어나 왼쪽으로 나 있는 좁은 골목길로 들어섰다. 그는 산비탈에 파묻힌 듯한 두 번째 사클랴에 이르러 말을 멈추고 주위를 둘러보았다. 사클랴의 처마 밑에는 아무도 없었지만, 지붕 위 새로 진흙을 바른 굴뚝 뒤에서 한 남자가 양털 외투를 뒤집어쓰고 누워 있었다. 하지 무라트는 채찍의 가죽 손잡이로 지붕 위에 누워 있는 남자를 툭툭 가볍게 치면서 혀를 찼다. 취침용 모자를 쓰고 누더기처럼 달아 번들거리는 해진 베시메트[11]를 입은 노인이 양털 외투 밑에서 일어났다. 속눈썹이 없는 노인의 눈은 붉고 촉촉했고, 달라붙은 눈을 떼려

---

8) 19세기 북부 캅카스에 수피즘의 한 형태로 널리 퍼진 무리디스(Muridis)의 신비주의적 사상을 추종하는 자들로 러시아의 지배로부터 맞서 싸웠다. 작품에서는 부관이나 경호원의 의미로 사용되고 있다.

9) 목도리처럼 목을 감싼 긴 후드.

10) 목 부분을 장식한 길고 둥근 형태의 펠트 망토.

11) 허리에서 목까지 단추를 채우고 무릎까지 솜을 넣은 코트.

고 눈을 깜빡였다. 하지 무라트는 늘 그렇듯이 "살람 알레이쿰"이라고 말하며 얼굴을 드러냈다.

"알레이쿰 살람."[12] 노인도 하지 무라트를 알아보고는 이빨이 모두 빠진 입으로 미소를 지으며 말한 후, 야윈 다리로 일어나서 굴뚝 옆에 있는 나무굽 신발을 신기 시작했다. 신발을 신은 후 노인은 가죽이 다 헤지고 구겨진 양털 외투에 팔을 넣고, 지붕에 걸쳐 놓은 사다리를 등을 보인 채 내려왔다. 외투를 입고 사다리를 타고 내려오면서, 노인은 가늘고 주름지며 햇볕에 그을린 목 위 머리를 계속 흔들거리며 잇몸만 남은 입을 끊임없이 오물거렸다. 땅에 내려오자마자 노인은 환대하며 하지 무라트가 타고 있는 말의 고삐와 오른쪽 등자를 잡았다. 그러자 하지 무라트의 민첩하고 건장한 뮤리트가 재빨리 자신의 말에서 내려 노인을 물리고 고삐와 등자를 잡았다.

하지 무라트는 말에서 내려 다리를 약간 절뚝거리며 처마 밑으로 갔다. 열다섯 살 정도 되는 소년이 갑자기 문을 열고 뛰어나와 잘 익은 까치밥나무 열매처럼 반짝이는 검은 눈으로 방문자들을 쳐다보았다.

"사원으로 뛰어가서 아버지를 모셔 오너라." 노인은 소년에게 심부름을 시킨 후, 하지 무라트를 앞질러 가서는 가볍고 삐걱거리는 사클랴의 문을 열어주었다. 하지 무라트가 집 안으로 들어서자, 노란

---

12) 위의 표현 "살람 알레이쿰"과 마찬가지로 '그대에게 신의 평화가 깃들기를'이라는 뜻의 아라비아어.

색 셔츠 위로 빨간색 베시메트를 걸치고 푸른색의 샤로바리[13]를 입은 야위고 마른 중년의 여자가 방석을 들고 안쪽 방에서 나왔다.

"여기까지 찾아와 주셔서 감사합니다." 그녀는 허리를 깊이 숙이며 인사한 뒤, 정면 벽 쪽으로 손님이 앉을 수 있도록 방석을 내려놓았다.

"당신의 아들들에게도 신의 축복이 있기를 빕니다." 부르카와 라이플 소총 및 칼을 벗어 노인에게 건네면서 하지 무라트가 대답했다.

노인은 라이플 소총과 칼을 건네받아, 깔끔하게 진흙을 바르고 그 위에 하얀색 회반죽을 덧바른 벽에서 반짝이는 커다란 대야 두 개 사이에 걸어 놓은 자신의 무기들 옆에 나란히 걸어 놓았다.

하지 무라트는 등에 멘 권총을 바로잡고, 체르케스카[14]를 여미며 여자가 깔아 놓은 방석에 앉았다. 노인은 그 옆에 맨발로 무릎을 꿇고 앉은 후 눈을 감고 두 손바닥을 위로 들어올렸다. 하지 무라트도 똑같이 했다. 그들은 기도문을 번갈아 외우고 수염 끝에 닿게 손을 내려 합장한 후, 두 손으로 자신의 얼굴을 쓸어 내렸다.

"네 하바르?" 하지 무라트가 노인에게 질문했는데, 이 말은 "새로운 소식이라도 있습니까?"라는 의미였다.

"하바르 이오크(새로운 소식은 없네)." 노인은 붉게 충혈되고 생기 없는 눈으로 하지 무라트의 얼굴이 아닌 그의 가슴을 쳐다보며 말했다.

---

13) 통이 넓은 여성용 바지.
14) 체르케스인들이 주로 입던 깃 없는 긴 외투로 전통의상이자 전투복으로도 활용하였다.

"나는 양봉장에 사는데, 아들을 보기 위해 오늘 막 왔다네. 아들은 뭔가 좀 알 걸세."

하지 무라트는 자신이 알고 싶은 것을 노인은 알고 있지만, 말하고 싶지 않다는 것을 눈치채고는 가볍머리를 끄덕인 후 더는 묻지 않았다.

"좋은 소식이라곤 없네." 노인은 말하기 시작했다. "새로운 소식이라곤 토끼들이 모여 독수리들을 몰아낼 방법에 대해 의논하고 있다는 거네. 그리고 독수리들은 토끼들을 찢어버리려 하고. 지난주에는 러시아 개들이 미치크강 근처에서 건초 더미에다 불을 질렀어. 그놈들 얼굴을 찢어놔야 하는데." 노인은 분노에 차서 쉰 목소리로 말했다.

하지 무라트의 뮤리트가 건장한 두 다리로 성큼성큼 흙바닥을 부드럽게 밟고 들어와, 단검과 권총만을 몸에 지닌 채, 하지 무라트가 했던 대로 부르카와 라이플 소총, 단검을 벗어 하지 무라트의 무기가 걸린 같은 못에 걸었다.

"누군가?" 노인은 지금 막 들어온 남자를 가리키며 하지 무라트에게 물었다.

"제 뮤리트입니다. 이름은 옐다르고요." 하지 무라트가 대답했다.

"좋아." 노인은 그렇게 말한 후, 옐다르에게 하지 무라트 옆에 있는 펠트 방석 위에 앉으라고 가리켰다.

옐다르는 책상다리를 하고 앉아 지금 떠들고 있는 노인의 얼굴을 숫양처럼 아름다운 눈으로 조용히 응시하였다. 노인은 지난주에 마을의 용감한 젊은이들이 두 명의 러시아 병사를 잡아 한 명은 죽이고, 다른 한 명은 베데노에 있는 샤밀에게 보냈다고 말했다. 하지 무라트는 노인의 이야기를 흘려들은 채, 문을 뚫어져라 쳐다보며 밖에서 들리는 소리에 귀를 기울였다. 사클랴 앞 처마 아래에서 발소리가 들리더니, 문이 삐걱하며 열리고 집주인이 들어왔다.

사클랴의 주인인 사도는 짧은 수염과 긴 코, 그리고 아버지를 부르러 갔다가 아버지와 함께 사클랴에 들어와 문가에 앉은 열다섯 살 아들처럼 반짝이지는 않지만 검은 눈을 가진 마흔 살쯤 먹은 사내였다. 집주인은 문가에서 나막신을 벗고, 오랫동안 자르지 않아 덥수룩한 검은 머리 뒤쪽으로 낡은 파파하[15]를 뒤로 젖히고는, 하지 무라트 앞에 무릎을 꿇고 앉았다.

그는 노인이 방금 했던 것처럼 눈을 감고 두 손바닥을 위로 들어 올려 기도문을 외운 후, 두 손으로 얼굴을 쓸어내린 뒤에야 입을 열었다. 그는 죽이든 생포하든 하지 무라트를 잡아들이라는 샤밀의 명령이 떨어졌다는 것과 샤밀의 사신들이 어제까지만 해도 이 마을에 있었으며, 사람들이 샤밀의 명령을 거역할까 봐 두려워하기 때문에 조심해야 한다고 말했다.

"내 집에서, 내가 살아 있는 동안, 내 쿠나크[16]에게 그 누구도 털끝하나 건드릴 수 없지요. 하지만 집 밖에서는 어떻습니까? 우리는 그 것을 생각해야 합니다." 사도가 말했다.

---

15) 보통 양가죽으로 만든 높이가 높은 모자.
16) 칼로 맹세한 친구나 입양한 형제.

하지 무라트는 주의 깊게 그의 말을 들으며 고개를 끄덕였다. 사도가 말을 끝내자 그가 말했다.

"좋아, 지금 러시아인들에게 편지를 보내야겠어. 내 뮤리트가 갈 텐데, 안내인이 필요하네."

"내 동생 바타를 보내죠." 사도가 말했다. "바타를 불러오너라." 그는 아들에게 말했다.

소년은 재빠른 발로 마치 용수철 튕기듯 일어나서 팔을 휘저으며 부리나케 사클랴 밖으로 뛰어나갔다. 십 분쯤 지나 소년은 햇볕에 짙게 탄 얼굴에 짧지만 탄력 있는 다리를 가진 체첸인과 돌아왔는데, 그는 소매가 다 해져 너덜거리는 노란 체르케스카와 헐렁한 검은 노고비치[17]를 신고 있었다. 하지 무라트는 새로 온 사람에게 인사하고 단도직입적으로 말했다.

"내 뮤리트를 러시아인들에게 데려다줄 수 있겠나?"

"네 가능합니다." 바타는 빠르고 유쾌하게 말했다. "뭐든 다 할 수 있습니다. 길 안내라면 체첸에서, 제가 가장 으뜸입죠. 다른 사람도 자기가 다 할 수 있다고 할 테지만 사실 아무것도 못 합니다. 하지만 저는 다 할 수 있습니다."

"좋아." 하지 무라트는 말했다. "고생한 대가로 셋을 주지." 그는 손가락 세 개를 펴 보이며 말했다.

───────

17) 양말이나 레깅스.

바타는 알았다는 듯이 고개를 끄덕였다. 하지만 그는 돈이 중요한 것이 아니라, 하지 무라트의 명예를 위해 봉사할 각오가 되어 있다고 덧붙였다. 이곳 산악지대 사람들은 누구나 다 하지 무라트를 알았고, 그가 러시아 돼지들을 어떻게 무찔렀는지를 알았다. . . . .

"좋아." 하지 무라트는 말했다. "밧줄은 길어야 좋고, 말은 짧아야 좋은 법이지."

"네. 그럼 아무 말 않고 조용히 있겠습니다." 바타는 말했다.

"가파른 둑 건너편 아르군강이 굽이치는 숲속 초지에 건초 더미 두 개가 있는데, 알고 있는가?"

"알고 있습니다."

"거기에 말을 탄 내 부하 세 명이 나를 기다리고 있어." 하지 무라트가 말했다.

"아, 알겠습니다!" 바타가 고개를 끄덕이며 말했다.

"가서 마고마 칸[18]에게 물어 보거라. 마고마 칸은 무엇을 해야 하고, 무슨 말을 해야 할지 알고 있을 거야. 그를 러시아군 사령관 보론초프[19] 공작에게 데려다 주게. 자네 할 수 있겠나?"

---

18) 원래 칭기즈칸의 후계자에게 주어진 일반적인 칭호였지만, 후에는 중앙아시아 의 통치자나 관리들에게까지 주어진 통칭이었다.

19) 보론초프(Semyon Mikhailovich Vorontsov, 1823-1882)는 쿠린스키 연대 의 사령관이자 시종무관이었다. 그의 아버지 M. S. 보론초프는 캅카스 총사령 관으로, 군대에 처음 입대했을 때 그는 캅카스의 총독이었던 아버지 밑에서 근무 하였다.

"네 할 수 있습니다."

"그를 데려다 주고 다시 숲으로 데려와 주게. 나도 숲에서 기다리고 있겠네."

"네, 전부 수행하도록 하겠습니다." 바타는 말한 뒤, 일어나서 가슴에 두 손을 얹고 밖으로 나갔다.

"다른 사람을 게히에도 보내야 해." 바타가 밖으로 나가자마자 하지 무라트는 말했다. "게히에서 반드시 해야 할 일은. . . ."

하지 무라트는 말을 하려다가 체르케스카의 탄환 주머니에 손을 넣었다. 하지만 두 여자가 사클랴로 들어오는 것을 보고 그는 주머니에서 손을 빼고 입을 다물었다.

한 여자는 사도의 아내로, 아까 방석을 깔아준 마른 중년의 여자였다. 다른 여자는 붉은색 바지에 초록색 베시메트를 입고 은화로 연결해서 만든 장식품으로 가슴 부위를 모두 덮다시피 한 매우 어린 소녀였다. 길지 않지만 굵고 뻣뻣한 검은색의 땋은 머리카락이 야윈 등 두 어깨뼈 사이에 늘어져 있었고, 땋은 머리카락 끝에는 은화가 매달려 있었다. 아버지와 남동생처럼 까치밥나무 열매 같은 검은 눈동자가 진지하게 보이려고 애쓰는 소녀의 얼굴에서 생기있게 반짝였다. 그녀는 손님들을 쳐다보지 않았지만, 그들의 존재를 분명히 의식하고 있었다.

사도의 아내는 낮고 둥근 탁자에 차와 만두, 버터 바른 블린,[20] 치

---

20) 러시아식 팬케이크.

즈, 추레크―얇게 밀어서 만든 빵―와 꿀을 차려왔다. 소녀는 대야와 쿰간,[21] 수건을 가져왔다.

사도와 하지 무라트는 굽이 없어 부드러운 붉은색 추뱌키[22]을 신은 여자들이 손님들 앞에 자신들이 가져온 음식들을 차리는 동안 입을 굳게 다물고 있었다. 옐다르도 여자들이 사클랴에 머무는 동안 동상처럼 움직이지도 않은 채, 숫양 같은 눈으로 책상다리를 한 자기 다리만 줄곧 쳐다보았다. 그들이 방을 나가고 부드러운 발걸음 소리가 문 뒤에서 완전히 사라진 후에야 옐다르는 안도의 한숨을 내쉬었고, 하지 무라트는 체르케스카의 탄약 주머니에서 탄환 하나를 꺼내 그 안에 돌돌 말아 꽂아둔 쪽지를 빼냈다.

"내 아들에게 전달해 주게." 그는 쪽지를 가리키며 말했다.

"어디로 답장을 하라고 할까요." 사도가 물었다.

"자네에게 하라고 하고, 자네가 답장을 내게 보내 주게."

"그렇게 하겠습니다." 사도가 대답하고 자신의 체르케스카 탄약 주머니 속에 쪽지를 집어넣었다. 그리고는 대야를 하지 무라트 앞에 옮기고 쿰간을 들었다. 하지 무라트는 베시메트의 소매를 걷어붙여 근육질의 하얀 팔이 손목 위까지 드러나게 한 후 사도가 쿰간으로 부어 주는 차갑고 맑은 물줄기 밑으로 팔을 내밀었다. 깨끗한 광목 수건으로 손을 닦은 후, 하지 무라트는 음식을 먹으러 갔다. 옐다르도 똑

---

21) 손 씻는 물을 담은 주전자.
22) 부드러운 가죽 신발로 종종 나무 신발 밑에 착용하였다.

같이 했다.

손님들이 음식을 먹는 동안, 사도는 맞은 편에 앉아 방문해 줘서 고맙다는 인사를 몇 차례나 했다. 문가에 앉은 소년도 반짝이는 검은 눈을 하지 무라트에게서 한순간도 떼지 않은 채 자신도 아버지의 말씀과 같다는 것을 확신시키기라도 하려는 듯 미소를 지었다.

하지 무라트는 스물네 시간 이상 아무것도 먹지 않았고, 단지 빵과 치즈만 조금 먹었다. 그는 칼집에서 꺼낸 단검으로 꿀을 떠 빵에 발랐다.

"우리 꿀이 아주 맛있어. 올해는 어느 해보다도 좋아서 양도 많고 질도 좋아." 노인은 하지 무라트가 자기 집 꿀을 먹는 모습에 기분이 좋아 말했다.

"고맙습니다." 하지 무라트는 이렇게 말하고 음식상에서 돌아앉았다.

옐다르는 좀 더 먹고 싶었지만, 그의 뮤리시트[23]처럼 상에서 물러나 하지 무라트에게 쿰간과 대야를 건네주었다.

사도는 샤밀과 하지 무라트 사이에 다툼이 있은 직후, 샤밀이 하지 무라트를 손님으로 받아들일 경우 고통스럽게 처형할 것이라는 포고령을 체첸의 모든 주민에게 공표한 사실을 알고 있었기 때문에, 하지 무라트를 집안에 들이는 것이 그의 목숨을 걸어야 할 정도로 위험한 일이라는 것을 알았다. 사도는 아울의 주민들이 자기 집에 하지 무라

---

23) 뮤리트를 이끄는 지도자를 뜻함.

트가 머물고 있다는 것을 언제든 알게 되면, 하지 무라트를 넘기라고 요구할 것도 알았다. 그러나 사도는 이에 개의치 않았을 뿐만 아니라, 오히려 기뻤다. 사도는 비록 자신의 목숨을 희생하게 될지라도 그의 손님인 쿠나크을 보호하는 것이 자신의 의무이며, 그 의무를 수행하고 있다는 생각에 기쁨과 자부심을 느꼈다.

"당신이 내 집에 머물러 있고, 내 머리가 두 어깨에 붙어 있는 한, 그 누구도 당신에게 아무 짓도 하지 못합니다." 그는 하지 무라트에게 되풀이했다.

하지 무라트는 사도의 반짝이는 눈을 주의 깊게 바라본 후, 그 말이 진심이라는 것을 알고는 진지하게 말했다.

"신의 가호로 자네는 기쁨과 생명을 얻게 될 걸세."

사도는 이 친절한 말에 감사를 표시하기 위해 그의 손을 가슴에 조용히 얹었다.

사클랴의 덧문을 닫고 난로에 장작을 넣은 후, 사도는 특별히 기쁘고 흥분된 상태로 쿠나크가 지내는 방에서 나와 그의 모든 가족이 모여 있는 사클랴의 다른 방으로 건너갔다. 여자들은 아직 잠들지 않은 채, 쿠나크 방에 묵고 있는 위험한 손님들에 대해 이야기하고 있었다.

2

바로 그날 밤, 하지 무라트가 밤을 지낸 아울에서 대략 15베르스타[24] 떨어진 보즈드비젠스카야 전방 요새에서, 병사 세 명과 하사관 한 명이 요새에서 나와 차흐기린스키예 성문 밖으로 나섰다. 병사들은 당시 캅카스 병사들이 그랬듯이 양가죽 반외투를 입고 파파하를 썼으며, 외투를 말아 어깨에 걸치고 무릎까지 올라오는 커다란 군화를 신었다. 어깨에 총을 멘 병사들은, 우선 길을 따라 오백 보 정도 걸은 후에, 길에서 벗어나 마른 낙엽을 군화로 밟아 부스럭거리며 오른쪽으로 이십 보 정도 걸어가 어둠 속에서도 검은 줄기가 보이는 쓰러진 플라타너스 근처에서 멈췄다. 정찰병은 평소대로 이곳 플라타너스로 보내졌다.

병사들이 숲속을 걷는 동안, 나무 끝을 이어가며 질주하는 것 같았던 밝은 별들이, 이제 앙상한 나뭇가지 사이에 멈춰 밝게 빛나고

---

24) 1베르스타는 약 1.067킬로미터.

있었다.

"말랐군. 정말 다행이야." 하사관 파노프가 어깨에서 긴 총검을 벗으며 말한 뒤, 딸깍 소리를 내며 나무에 총검을 기대어 놓았다. 세 병사도 똑같이 했다.

"아, 정말, 잃어버렸나." 파노프가 화가 난 듯 투덜거렸다. "내가 깜빡하고 안 가지고 왔던가 아니면 오는 도중에 흘렸던 것 같아."

"무엇을 찾고 있나요?" 병사 중 한 명이 활기차고 쾌활한 목소리로 물었다.

"내 파이프. 젠장, 귀신이 곡할 노릇이네!"

"파이프 설대[25]는 있습니까?" 쾌활한 목소리가 물었다.

"응, 그건 여기 있어."

"그럼 땅에다가 담배설대를 꽂도록 해요?"

"담배설대를 땅에다가?"

"우리가 멋지게 만들어 드릴게요."

매복지에서 흡연은 금지되어 있었지만, 이곳은 엄밀히 말해서 매복지가 아니라, 산악민들이 예전처럼 몰래 화포를 들여오는 것을 막고, 요새에 총알을 퍼붓는 것을 대비하기 위한 전방 초소에 가까웠다. 파노프는 흡연을 삼가야 할 이유가 없다고 생각했기 때문에 쾌활한 병사의 제안에 동의했다. 쾌활한 병사는 주머니에서 칼을 꺼내 땅

25) 담배통과 물부리 사이에 끼워 맞추는 가느다란 대.

을 파기 시작했다. 작은 구멍을 파내고 주변을 평평하게 고른 후, 구멍에 설대를 꽂고는 구멍의 나머지 부분을 담배로 꾹꾹 채워놓았다. 파이프가 완성되었다. 유황성냥은 배를 깔고 엎드린, 광대뼈가 튀어나온 병사의 얼굴을 순간적으로 환히 밝히며 타올랐다. 담배설대에 바람을 불어넣자, 파노프는 마호르카[26]가 타는 기분 좋은 냄새를 맡았다.

"다 됐나?" 그가 일어나며 말했다.

"그럼요."

"압데예프, 자네는 정말 대단한 친구야. 그럼 어디 맛 좀 볼까?"

압데예프는 파노프에게 자리를 내 주려고 입으로 연기를 내뿜으면서 옆으로 굴렀다.

담배를 마음껏 피운 뒤, 병사들은 서로 이야기를 나누기 시작했다.

"중대장이 다시 금고에 손을 댄다는 말이 있어. 카드 노름을 하다 돈을 잃은 것 같아." 병사 중 한 명이 나른한 목소리로 말했다.

"곧 채워 넣겠지." 파노프가 말했다.

"아시다시피, 훌륭한 장교잖아요." 압데예프도 거들었다.

"그럼 훌륭하지, 훌륭하고말고." 이야기를 시작했던 병사가 우울한 목소리로 말을 계속했다. "하지만 내 생각에는, 중대가 그에게 말해야 한다고 봐. 만약 가져갔다면, 얼마나 가져갔고, 또 언제 갚을 것인

---

26) 가지과 초본의 잎과 줄기로 만든 독한 담배.

지에 대해 말하라고 말이야." "그건 중대가 결정할 일이지." 파노프가 담배설대에서 입을 떼며 말했다.

"당연하죠. '공동체는 거대한 힘을 가진 인간'이니까요." 압데예프도 동의했다.

"우리는 귀리도 사야 하고 봄에 신을 장화도 사야 하니깐 돈이 필요하단 말이야, 근데 중대장이 그걸 꺼내 갔으니...." 병사가 불만을 품은 듯이 주장했다.

"말했듯이, 중대가 알아서 할 거야." 파노프가 반복해서 말했다. "처음 있는 일도 아니잖아. 가져갔으면, 다시 돌려놓겠지."

그 당시 캅카스에 있는 모든 중대는 자체에서 선발한 병사에게 모든 회계를 관리하도록 했다. 중대는 국고에서 한 사람당 6루블 50코페이카를 받아 그걸로 중대 생활비를 모두 충당해야 했다. 양배추를 심고, 건초를 만들었으며, 중대용 짐마차도 있었다. 중대의 살찐 말은 자랑거리였다. 중대의 돈은 금고에 넣어 보관하였는데, 열쇠를 중대장이 가지고 있었기 때문에 중대장이 금고에 손을 대는 일이 종종 있었다. 그런 일이 지금 또 벌어졌기 때문에 병사들이 그 문제에 관해 이야기했던 것이다. 침울한 병사 니키틴은 중대장에게 회계 장부를 공개하라고 요구하고 싶었지만, 파노프와 압데예프는 그럴 필요까지는 없다고 생각했다.

파노프에 이어 니키틴도 담배를 피운 뒤, 두꺼운 외투를 바닥에 깔고는 나무에 기대어 앉았다. 병사들은 침묵했다. 병사들의 머리 위로 나무의 가장 높은 가지만 흔드는 바람 소리가 들렸다. 나뭇가지만 흔드는 조용한 바람 소리 속으로 느닷없이 들개들이 울부짖고, 으르렁거리고, 울고, 장난치는 소리가 들려왔다.

"저주받은 놈들이 울부짖는 소리를 들어봐." 압데예프가 말했다.

"네 낯짝이 삐뚤어져서 비웃는 소리야." 소러시아[27] 특유의 높은 톤으로 네 번째 병사가 말했다.

또다시 사방이 고요해졌고, 오직 바람만이 나뭇가지를 흔들어 하늘에 있는 별을 가렸다 말았다 했다.

"그런데 안토니치," 쾌활한 압데예프가 갑자기 파노프에게 물었다. "당신도 지겨울 때가 있습니까?"

"지겹다니, 뭐가?" 파노프가 마지못해 대답했다.

"저는 가끔 매우 지겨울 때가 있는데요, 매우 지겨워서 내 자신을 위해 뭘 해야 할지도 모르겠습니다."

"이런!" 파노프가 말했다.

"너무 지겨울 때 가진 돈을 탈탈 털어 술을 퍼마신 적도 있습니다. 인사불성 상태로 만취해 보자는 식으로요."

"근데 술이 더 악화시킬 텐데."

"그렇긴 하더군요. 하지만 어쩌겠습니까?"

"그런데 도대체 무엇이 자넬 그리 지겹게 하는가?"

---

27) 옛 우크라이나 이름.

"저요? 집이 그리워서요."

"고향 집에서 자네는 부자였나?"

"부자는 아니었지만, 그래도 풍족하게 지냈습니다. 잘살았어요."

그러고는 압데예프는 파노프에게 이미 여러 번 반복했던 이야기를 또 시작했다.

"저는 형님 대신 자원 입대했어요." 압데예프가 말했다. "형은 자식이 다섯이나 있었어요! 그런데 저는 그때 막 결혼한 신혼이었고요. 어머니가 형님 대신 입대해 주길 간절히 부탁했어요. 그래서 '내가 갈게'라고 그랬습니다. 모두 내 선행을 기억해 줄 거로 생각하면서요. 저는 지주를 찾아갔습니다. 지주는 좋은 분이었고, 그는 '훌륭하군! 그럼 입대하게!'라고 말씀하셨습니다. 그래서 형님 대신 군대에 오게 되었습니다."

"그래, 잘했어." 파노프가 말했다.

"그런데, 안토니치, 그렇게 여기로 온 내가 지금 지루하다는 것을 믿으시겠어요? 게다가 그 지루함의 원인은 대부분 내가 '왜 형님 대신 온다고 말했을까'라는 점입니다. '형은 지금 왕처럼 사는데, 나는 지금 개고생이구나.' 이런 생각을 하면 할수록 더욱 비참해집니다. 전생에 죄를 지은 건지."

압데예프는 침묵했다.

"담배나 더 피울까요?" 압데예프가 물었다.

"좋아. 그럼 준비해!"

그러나 병사들은 담배를 피우지 못했다. 압데예프가 일어나 담배 설대를 다시 꽂으려는 순간, 바람에 흔들리는 나뭇가지 소리에 섞여 길가에서 발소리가 들렸다. 파노프가 총을 집어 들고는 발로 니키틴을 툭툭 찼다. 니키틴은 외투를 집어 일어섰다. 세 번째 병사 본다렌코도 따라 일어섰다.

"형제들, 나는 이런 상황을 꿈에서 봤던 것 같아. . . ."

압데예프는 본다렌코에게 '쉬'하고 말했고, 병사들은 숨죽이고 귀를 기울였다. 군화를 신지 않은 부드러운 발소리가 점점 가까워졌다. 어둠 속에서 낙엽과 마른 가지를 밟는 소리가 점점 더 또렷하게 들렸다. 그다음 후두에서 나오는 특유의 소리로 말하는 체첸인의 음성이 들렸다. 병사들은 이제 말소리뿐만 아니라 나무들 사이로 빛이 들어온 곳을 지나가는 두 그림자도 보았다. 한 그림자는 작았고, 다른 그림자는 그보다 컸다. 그림자들이 병사들 옆에까지 왔을 때, 파노프는 총을 겨누고 그의 병사 두 명과 함께 길 쪽으로 나아갔다.

"누구냐?" 그가 소리쳤다.

"형제인 체첸인이오." 키 작은 사람이 말했다. 바타였다. "총 이오크(없습니다), 칼 이오크(없습니다)." 그는 자기 자신을 가리키며 말했다. "공작을 만나길 원합니다."

키가 큰 사람은 동료 옆에 말없이 서 있기만 했다. 그 역시 무기를 지니고 있지 않았다.

"밀사야. 연대장을 만나고 싶다는군." 파노프가 동료들에게 설명했다.

"보론초프 공작을 꼭 만나야 해요. 매우 중요한 일입니다." 바타가 말했다.

"알았네, 알았어, 데려다주지." 파노프가 말했다. "그래, 자네와 본다렌코가 데려다주게." 그는 압데예프를 돌아보며 말했다. "당직 장교에게 인도하고 다시 복귀하게. 이봐, 집중해서 들어봐." 파노프는 말했다. "조심하게. 반드시 저들을 앞세워서 가도록 하게. 민머리 놈들은 약삭빠른 놈들이니까 말이야."

"그럼 이렇게 하면 어때요?" 그가 자신의 총검으로 찌르는 듯한 행동을 취하면서 말했다. "한번 살짝 찔러 주면, 맥이 탁 풀릴 겁니다."

"그를 찔러 죽일 거면 뭐하러 데려가나?" 본다렌코가 말했다. "자, 데리고 가게!"

밀사들과 두 병사의 발소리가 멀어지자, 파노프와 니키틴은 제자리로 돌아왔다.

"저놈들이 이 밤중에 왜 왔을까요?" 니키틴이 말했다.

"꼭 그럴만한 사정이 있겠지." 파노프가 말했다. "점점 쌀쌀해지는데" 하고 덧붙이더니 그는 외투를 입고, 나무에 기대어 앉았다.

대략 두 시간쯤 지나, 압데예프와 본다렌코가 돌아왔다.

"그래 잘 인도해 주었나?" 파노프가 물었다.

"네, 잘 넘겼습니다. 연대장님께서 아직 주무시지 않고 계셨습니다. 그래서 곧장 그들을 연대장님 앞에 데려다 주었습니다. 그런데 그

민머리 놈들 참 좋은 녀석들이었습니다." 압데예프는 계속해서 말했다. "정말 그들과 재미있게 이야기를 나누었습니다."

"자네가 수다쟁이라는 것은 유명한 사실이지." 니키틴이 못마땅한 듯이 말했다.

"정말 그들은 러시아인과 똑같았어. 한 명은 결혼을 했더군. '마루시카(아내), 바르(있나)?'라고 말하니, 바르라고 말하더군. '바란추크(자식), 바르?' 하니, '바르'라고 대답했어. '많이 있어?'라고 물으니 '두 명'이라 말하더군. 이렇게 멋진 대화를 나눴어. 좋은 친구들이야."

"곧 날이 밝겠군." 파노프가 말했다.

"그렇네요. 별들이 벌써 사라지기 시작했습니다." 압데예프가 앉으며 말했다.

병사들은 또다시 입을 다물었다.

3

막사와 병사의 창문들은 불이 꺼져 어둠에 휩싸인 지 오래되었지만, 요새에서 가장 좋은 집의 모든 창문에서는 여전히 빛이 흘러나오고 있었다. 이 집은 총사령관의 아들이자 황실의 시종무관이었던 세묜 미하일로비치 보론초프 공작의 숙소였다. 보론초프는 페테르부르크에서도 미인으로 유명한 아내 마리야 바실리예브나와 함께 캅카스의 작은 요새에서 예전의 어떤 사령관보다도 호화롭게 살고 있었다. 보론초프와 특히 그의 아내에게 이곳의 생활은 가장 검소할 뿐만 아니라 결핍된 삶이라 느껴졌다. 하지만 그들의 초 호화로운 생활은 그 지역 주민들에게 매우 놀라운 것이었다.

자정인 지금 이 부부는 방 전체에 카펫이 깔려있고 무거운 커튼이 드리워진 커다란 객실에서, 네 개의 촛불이 밝히고 있는 카드테이블 앞에 앉아 손님들과 함께 카드놀이를 하고 있었다. 카드놀이를 하는 사람 중 하나는 얼굴이 길고 금발인 집주인 보론초프로 그는 시종무관의 휘장과 견식을 늘어뜨리고 있었다. 그의 파트너는 페테르부르크 대학 졸업생으로 덥수룩하고 우울한 표정의 청년이었다. 그는 보론초바 공작부인이 첫 번째 결혼에서 낳은 어린 아들의 가정교사로 최근에 오게 되었다. 그들 맞은편에 두 명의 장교가 게임을 하고 있었다. 한 장교는 붉은빛이 도는 넓적한 얼굴로, 근위대에서 전속해 온 폴토라츠키[28] 중대장이었다. 다른 장교는 잘생겼지만 차가운 표정의 연대 부관으로 그는 꼿꼿하게 앉아 있었다. 훤칠한 키에 커다란 눈 그리고 짙은 눈썹을 가진 미인 마리야 바실리예브나 공작부인은 그녀의 크리놀린[29]이 폴토라츠키의 다리에 닿을 만큼 가까이 앉아 그의 카드를 엿보고 있었다. 그녀의 말투와 시선, 미소, 그녀의 몸짓과 그녀를 감돌고 있는 향기에 빠져 폴토라츠키는 그녀가 곁에 있다는 사실 외에 모든 것을 망각하고 실수를 연이어 범하는 바람에 파트너를 점점 화나게 했다.

"안 돼, 그렇게 하면 안 돼! 에이스를 또 그렇게 내놓으면 어쩌자는 거야!" 폴토라츠키가 에이스를 내놓자 연대 부관은 얼굴을 붉히며 말했다.

폴토라츠키는 마치 잠에서 깬 사람처럼 두 눈 사이가 넓은 선량한 검은 눈으로 연대 부관의 불만 가득한 얼굴을 이해할 수 없다는 듯

---

28) 폴토라츠키(Vladimir Alexeevich Poltoratsky, 1828-1889)는 캅카스에서 군복무를 시작하여 장군까지 승진하였다. 톨스토이는 하지 무라트를 작성할 때 폴토라츠키의 회고록을 참조하였다.
29) 과거 여자들이 치마를 볼록하게 보이기 위해 안에 입던 틀.

바라보았다.

"용서해 주세요!" 마리야 바실리예브나가 미소를 띠며 말했다. "그것 보세요, 내가 말했잖아요." 그녀는 폴토라츠키를 돌아보며 말했다.

"당신은 전혀 다른 말씀을 하셨는데요." 폴토라츠키는 웃는 얼굴로 말했다.

"제가 정말 그랬나요?" 그녀도 역시 미소 지으며 대답했다. 이 미소에 폴토라츠키는 너무나도 기쁘고 흥분되어 얼굴이 붉게 물든 채 카드를 들어 섞기 시작했다.

"자네가 섞을 차례가 아니야." 연대 부관이 단호하게 말한 뒤, 도장이 새겨진 반지를 낀 하얀 손으로 카드를 섞어 마치 한시라도 빨리 카드를 내버리고 싶다는 듯이 휙 돌렸다. 그때 공작의 시종이 거실로 들어와 당직 장교가 뵙기를 청한다고 전했다.

"실례하겠네." 보론초프는 영어 엑센트가 들어간 러시아어로 말했다. "*마리*, 당신이 나 대신 좀 해 주겠어?"

"괜찮으시겠어요?" 바스락거리는 실크 옷자락 소리와 함께 공작부인이 훤칠한 키만큼 빠르고 날렵하게 일어나 행복한 여인이 지을 수 있는 빛나는 미소를 지으며 물었다.

"나는 언제나 모든 것에 대해 찬성합니다." 연대 부관은 카드게임을 전혀 모르는 공작 부인이 맞상대가 된다는 생각에 매우 기뻐하며 대답했다. 폴토라츠키는 단지 두 손을 펼쳐 보인 채 웃고만 있었다.

세 판 승부가 거의 끝나갈 무렵, 공작이 거실로 돌아왔다. 공작은 눈에 띄게 기분 좋고 흥분된 상태였다.

"내가 지금 자네들에게 무엇을 제안할지 아는가?"

"뭔데요?"

"샴페인을 함께 마시는 거야."

"샴페인이라면 언제든지 좋지요." 폴토라츠키가 말했다.

"좋지요, 아주 좋은 생각입니다." 연대 부관이 말했다.

"바실리! 샴페인을 가져오게." 공작이 말했다.

"무엇 때문에 당신을 보자고 한 거예요?" 마리야 바실리예브나가
물었다.

"당직 장교가 어떤 한 사람을 데리고 왔어."

"누군데요? 무슨 일 때문에요?" 마리야 바실리예브나가 성급하게
물었다.

"말해 줄 수 없어." 보론초프가 어깨를 으쓱해 하며 말했다.

"말해 줄 수 없다고요?" 마리야 바실리예브나가 반복했다. "우리도
곧 알게 되겠죠."

샴페인을 가져왔다. 손님들은 잔에 샴페인을 따라 마시고, 카드 게
임을 끝내고 계산을 마친 후 작별 인사를 하기 시작했다.

"자네 중대가 내일 숲의 경비를 맡게 되는가?" 공작은 폴토라츠키
에게 물었다.

"그렇습니다. 무슨 일이라도 있나요?"

"그럼 내일 보세." 공작이 엷은 미소를 띠며 말했다.

"잘 알겠습니다." 폴토라츠키는 마리야 바실리예브나의 크고 하얀 손을 곧 잡게 될 것이라는 생각에 팔려 보론초프가 무슨 말을 하는지 이해하지도 못한 채 건성으로 대답했다.

마리야 바실리예브나는 항상 그랬듯이 폴토라츠키의 손을 꼭 쥐었을 뿐만 아니라 세차게 흔들기까지 했다. 또한 카드 게임에서 그가 다이아몬드 패로 저질렀던 실수를 다시 한번 상기시키는 미소를, 폴토라츠키가 느끼기에 사랑스럽고, 매력적이며 의미심장한 미소를 지었다.

폴토라츠키는 황홀한 기분에 취해 집으로 돌아왔는데, 상류사회에서 성장하고 교육받은 사람이 몇 개월 동안이나 외로운 군 생활을 한 끝에 자신이 속했던 계층의 여자를 만났을 때 느낄 수 있는 그런 기분을 지금 느끼고 있었다. 더군다나 보론초바 공작부인 같은 여자를 만날 수 있어서 더욱 기뻤다.

그는 동료와 함께 지내는 숙소에 도착해서 출입문을 밀었으나 잠겨 있었다. 문을 두드려 보았다. 열리지 않았다. 그는 화가 나서 발로 문을 걷어차고 칼로 두드렸다. 문 뒤에서 발소리가 들리더니 폴토라츠키의 하인 바빌로가 빗장을 풀었다.

"도대체 문을 잠근 이유가 뭐야? 멍청한 놈!"

"아, 그건 말입죠, 알렉세이 블라디미르. . . ."

"또 취했나! 내가 오늘 네게 본때를 보여주마. . . ."

폴토라츠키는 바빌로를 때리려고 하다가 이내 마음을 바꿨다.

"에잇 빌어먹을 놈, 촛불이나 켜."

"네 잠시만 기다리십시오."

바빌로는 정말 술에 취해 있었는데, 그는 병참 장교 본명 축일[30] 모임에서 술을 마신 것이었다. 그는 숙소로 돌아와서는 자신과 병참 장교인 이반 마케이치의 삶을 비교해 보았다. 이반 마케이치는 수입이 있고, 결혼했으며, 일 년 후에 제대한다는 생각에 들떠 있었다. 바빌로는 어렸을 때 입양되어 주인을 모시는 하인이 되었고, 마흔이 넘은 지금까지도 결혼하지 못한 채 경솔하기 그지없는 주인과 함께 군 생활을 하고 있었다. 폴토라츠키는 좋은 주인이었고 매질도 하지 않았다. 하지만 하인의 삶이란 얼마나 고달픈가! '폴토라츠키는 캅카스에서 돌아가면 나를 자유의 몸으로 해방시켜 준다고 약속했어. 하지만 자유를 얻는다 해도 대체 내가 어디에 가서 어떻게 산단 말인가. 정말 개만도 못한 인생이야!' 바빌로는 생각했다. 이런 생각을 하다가 졸음이 밀려오자, 그는 누군가 몰래 들어와 뭔가를 훔쳐 갈지도 모른다는 생각에 빗장을 걸어 잠그고 잠을 잤던 것이다.

폴토라츠키는 동료인 티호노프와 함께 쓰는 방으로 들어갔다.

"어떻게 됐어, 잃었나" 티호노프가 잠에서 깨며 말했다.

"무슨 소리, 17루블을 따고 클리코[31]까지 한 병 마셨다네."

"마리야 바실리예브나도 봤어?"

---

30) 본명 축일이란 그리스 정교 신자나 가톨릭 신자가 자신의 세례명으로 택한 성자의 축일을 생일처럼 지내는 것을 의미한다.
31) 샴페인 이름.

"마리야 바실리예브나도 봤지." 폴토라츠키가 똑같이 말했다.

"이제 기상할 시간이야." 티호노프가 말했다. "여섯 시에는 출발해야 하니까."

"바빌로." 폴토라츠키가 외쳤다. "내일 아침 5시에 깨워줄 수 있겠나?"

"깨우려고 하면 때리실 텐데 어떻게 깨우죠?"

"깨우라고 말했다. 똑바로 알아들었나?"

"예. 알겠습니다."

바빌로는 주인의 장화와 옷을 챙겨 나갔다.

폴토라츠키는 침대에 누워 미소를 띤 채 담배를 피워 물고 촛불을 껐다. 어둠 속에서도 마리야 바실리예브나의 미소 띤 얼굴이 눈앞에 보이는 것 같았다

보론초프 부부도 아직 잠자리에 들지 않았다. 손님들이 떠나자 마리야 바실리예브나는 남편에게 다가가 그의 앞에 똑바로 서서는 준엄하게 말했다.

"자, 무슨 일인지 말해줄래요?"

"하지만, 여보. . . ."

"여보라고 말하지 말아요! 밀사였고? 그렇죠?"

"어쨌거나 나는 당신에게 말해 줄 수 없어."

"말해 줄 수 없다고요? 그럼 내가 말하죠!"

"당신이?"

"하지 무라트죠? 그렇죠?" 공작부인은 이미 며칠 전에 하지 무라트와 협상이 있었다는 소식을 전해 들었기 때문에 하지 무라트가 남편을 만나러 왔을 것이라 짐작했다.

보론초프는 이를 부인하지 못했지만, 찾아온 사람이 하지 무라트가 아니라 그의 밀사로 내일 그가 벌목하기로 한 곳으로 찾아오겠다는 소식을 알리려 온 것이라 설명하자, 보론초프의 아내는 실망하였다.

요새의 단조로운 생활 가운데 젊은 보론초프 부부에게 이 사건은 흥미진진한 사건이었다. 이 소식을 전해 들었을 때 그의 아버지가 얼마나 기뻐하실까 같은 이야기를 나누다 부부는 두 시가 넘어 잠자리에 들었다.

4

샤밀이 보낸 뮤리트들을 피해 도망치느라 사흘 동안 잠을 자지 못했던 하지 무라트는 사도가 편히 자라는 인사와 함께 사클랴에서 나가자마자 잠에 곯아떨어졌다. 그는 옷도 벗지 않은 채, 집주인이 그를 위해 마련해 준 빨간 깃털 솜 베개 위에 팔베개하고는 잠들었다. 옐다르는 그와 멀지 않은 벽 근처에서 잠들었다. 옐다르는 등을 바닥에 대고 젊고 건강한 사지를 대자로 쭉 뻗은 채 누웠는데, 흰색 체르케스카에 검은색 호지리[32]가 달린 그의 높은 가슴은 베개를 베고 있다가 떨어진, 갓 깎은 푸르스름한 머리보다도 높았다. 어린아이처럼 솜털 같은 보풀이 살짝 덮이고 삐죽 튀어나온 윗입술은 뭔가를 빠는 듯 오므려졌다 벌어졌다 했다. 그도 하지 무라트처럼 옷을 벗지 않은 채 권총과 단검을 벨트에 차고 있었다. 사클랴의 벽난로에 있는 장작이 거의 다 타서 벽난로 위에 놓인 작은 등잔만이 희미하게 불을 비추고

---

32) 탄환 주머니.

있었다.

한밤중에 방문이 삐걱거리며 열리자, 하지 무라트는 즉각 일어나 권총을 잡았다. 사도가 흙바닥을 조용히 디디며 방으로 들어왔다.

"어쩐 일인가?" 하지 무라트는 잠을 자던 사람 같지 않은 또렷한 목소리로 물었다.

"생각해 봐야 할 일이 생겼습니다." 사도가 하지 무라트 앞에 쪼그려 앉으며 말했다. "한 여자가 지붕에서 당신이 여기 말을 몰고 오는 것을 보고 남편에게 말했고, 지금 온 마을 사람들이 그 사실을 알게 되었습니다. 방금 이웃 여자가 와서는 마을의 노인들이 사원에 모여 당신을 억류하기로 의견을 모았다는 사실을 내 아내에게 전해 주었습니다."

"그럼 떠나야겠군." 하지 무라트가 말했다.

"말은 이미 준비해 뒀습니다." 사도가 말하고 서둘러 방에서 나갔다.

"옐다르." 하지 무라트가 귓속말로 불렀다. 옐다르는 자신의 이름을 부르는 소리를 듣자, 특히 뮤리시트의 목소리라는 것을 알자 건장한 두 발로 벌떡 일어나 파파하를 바로 썼다. 하지 무라트는 부르카 위에 무기를 찼다. 옐다르 역시 무기를 찼다. 두 사람은 조용히 사클랴의 처마 밑으로 나왔다. 까만 눈의 소년이 말을 끌고 왔다.

잘 다져진 길 위로 말발굽 소리가 들리자 이웃집 문에서 누군가 고개를 내밀었고, 한 사람이 나무굽 소리를 내면서 사원이 있는 언덕을 향해 달려갔다.

달빛은 없었지만, 별들이 어두운 밤하늘을 환히 비췄고, 어둠 속에서도 사클랴 지붕의 윤곽이 보였는데, 특히 사원의 첨탑은 아울의 다른 건물들보다도 높이 치솟아 있어 더욱 뚜렷하게 보였다. 사원에서 사람들의 웅성거리는 목소리가 들렸다.

　하지 무라트는 재빨리 소총을 움켜쥔 채 좁은 등자에 발을 밀어 넣고, 소리 없이 눈 깜짝할 사이에 높은 안장 위로 사뿐히 올라탔다.

　"신께서 자네의 호의에 축복을 내려주시길 빌겠네!" 하지 무라트는 몸에 밴 습관처럼 오른쪽 발을 다른 쪽 등자에 넣고는 집주인을 쳐다보며 말했다. 그는 말을 붙잡고 있던 소년을 옆으로 비키게 하려고 채찍으로 가볍게 툭툭 쳤다. 소년이 옆으로 비켜서자, 말은 이미 무엇을 해야 할지 안다는 듯이 큰길로 이어지는 골목길을 재빠르게 달렸다. 옐다르도 뒤따라 달렸다. 털코트를 입은 사도는 양손을 재빠르게 휘두르며 좁은 길을 지그재그로 가로지르며 그들 뒤를 바짝 쫓았다. 골목 끝 사거리에서 그림자들이 연달아 나타났다.

　"거기 서라! 누구냐? 멈춰라!"하고 외치는 소리가 들렸고, 몇몇 사람이 길을 막았다.

　멈추는 대신, 하지 무라트는 벨트에서 권총을 뽑아 들고는 길을 막고 있는 사람을 향해 곧장 속력을 높여 빠르게 말을 몰았다. 길을 막고 있던 사람들이 흩어졌고, 하지 무라트는 뒤도 돌아보지 않은 채 말의 발 폭을 넓히며 길을 따라 달려 내려갔다. 옐다르도 속력을 내며 그를 뒤따랐다. 그들 뒤로 두 발의 총성이 울리고, 총알이 귓가를 스쳐 지나갔지만 하지 무라트와 옐다르 모두 맞지 않았다. 하지 무라트는 같은 속도로 계속해서 달렸다. 약 삼백 보 정도 달린 후 그는 숨을 헐떡이는 말을 세우고 귀를 기울이기 시작했다. 앞쪽 저지대 부근에서 요란한 소리를 내며 흐르는 급류 소리가 들렸다. 뒤편 아울에서는 수탉들의 울음소리가 들렸다. 그 소리 사이로 하지 무라트를 추격하는 사람들의 웅성거림과 말발굽 소리가 들렸다. 하지 무라트는 말에 박차를 가해 일정한 속도로 말을 몰기 시작했다.

뒤에서 그를 쫓던 사람들이 전속력으로 달려와 하지 무라트를 곧 따라잡았다. 그들은 대략 스무 명쯤 되었다. 그들은 하지 무라트를 붙잡든, 아니면 적어도 붙잡으려 했었다는 것을 샤밀에게 보여 줘야 한다고 결정한 아울 사람들이었다. 그들이 어둠 속에서도 보일 정도로 가까이 다가오자, 하지 무라트는 말을 멈추고, 고삐를 놓더니, 능숙하게 왼손으로 소총 덮개를 벗긴 후, 오른손으로 소총을 꺼냈다. 옐다르도 똑같이 했다.

"원하는 것이 뭔가?" 하지 무라트는 소리쳤다. "나를 원하는 건가? 그럼 와서 잡아 봐!" 그는 소총을 꺼내 들었다. 아울의 사람들은 멈춰 섰다.

하지 무라트는 소총을 손에 들고 협곡으로 내려가기 시작했다. 말을 타고 있는 사람들은 다가가지 못한 채 그의 뒤를 쫓았다. 하지 무라트가 협곡의 다른 쪽으로 건너자, 말을 타고 추격하던 사람들이 그에게 하고 싶은 말이 있으니 들어 보라고 소리쳤다. 그에 대한 대답으로 하지 무라트는 소총을 한 방 갈기고 말을 급히 몰았다. 그가 말을 멈췄을 때 추격자들의 소리도, 수탉의 울음소리도 더 이상 들리지 않았다. 다만, 물 흐르는 소리가 숲속에서 더 선명하게 들렸고, 올빼미 우는 소리도 가끔 들렸다. 숲의 검은 장벽이 성큼 다가와 있었다. 그의 뮤리트들이 기다리는 바로 그 숲이었다. 하지 무라트는 숲에 가까이 다가가서 말을 멈춰 세우고는, 가슴 가득 숨을 들이마셔 휘파람을 불고는 숨죽인 채 귀를 기울였다. 잠시 후, 비슷한 휘파람 소리가 숲에서 들려왔다. 하지 무라트는 길을 벗어나 숲으로 들어갔다. 백 보쯤 들어가자 나무줄기들 사이로 모닥불이 보이고, 그 옆에 앉아 있는 사람들의 그림자와 몸의 절반 정도에 불빛이 어른거리는 절뚝발이 말이 안장을 맨 채 서 있는 것도 보였다.

모닥불가에 앉아 있던 사람 중 한 명이 벌떡 일어나 하지 무라트에게 다가가 말고삐와 등자를 잡았다. 하지 무라트의 의형제이자 집안일을 관리하는 아바르[33]인 하네피였다.

"모닥불을 끄게." 하지 무라트가 말에서 내리며 말했다. 사람들은 모닥불에서 장작을 걷어내고 불타고 있던 장작들을 발로 밟았다.

"바타가 여기에 왔었나?" 땅바닥에 깔아놓은 부르카로 향하며 하지 무라트는 물었다.

---

33) 아바르족은 우랄 산맥에서 태평양에 이르는 중앙아시아의 광대한 영토인 타르타리(Tartary)라고 불리는 훈족 계열의 유목민이다. 하지 무라트 역시 아바르인.

"네, 왔었습니다. 그는 마고마 칸과 함께 오래전에 떠났습니다."

"어느 길로 갔나?"

"저쪽 길입니다." 하네피는 하지 무라트가 왔던 길과 정반대 방향을 가리키며 대답했다.

"알았네." 하지 무라트는 소총을 꺼내 장전하기 시작했다. "조심해야 해. 그들이 나를 쫓고 있었어." 하지 무라트는 모닥불을 끄고 있는 남자를 돌아보며 말했다.

그는 체첸인 감잘로였다. 감잘로는 부르카가 있는 곳으로 가서 그 위에 놓아둔 덮개로 씌운 소총을 집어 들고는, 조용히 하지 무라트가 말을 타고 왔던 숲의 가장자리로 걸어갔다. 옐다르도 말에서 내려 자신의 말과 하지 무라트의 말 머리를 곧추세워 나무에 묶고는, 감잘로와 마찬가지로 어깨에 소총을 메고 다른 쪽 숲 가장자리로 향했다. 모닥불이 꺼졌지만, 숲은 전처럼 칠흑같이 어둡지 않았다. 하늘의 별들이 희미하게 반짝이고 있었다.

밤하늘의 별을 쳐다보고 플레이아데스 성단이 이미 중천에 뜬 것을 보면서, 하지 무라트는 자정이 훌쩍 지났음을, 그리고 밤 기도 시간 역시도 지나갔음을 깨달았다. 그는 하네피에게 배낭에 항상 챙겨 다니는 쿰간을 받아 부르카를 걸치고 물가로 갔다.

신발을 벗고 세정식을 마친 후, 하지 무라트는 부르카 위에 맨발로 무릎을 꿇고 손가락으로 귀를 막은 다음, 눈을 감은 채 동쪽을 향해 기도문을 외웠다.

기도를 마친 후, 그는 안장 가방을 놓아둔 자리로 돌아와 부르카 위에 앉아 무릎에 팔꿈치를 대고 고개를 숙인 채 깊은 생각에 잠겼다.

　하지 무라트는 언제나 자신의 행운에 대한 믿음이 있었다. 그는 어떤 일을 시작하더라도 반드시 성공할 거라는 확신이 있었고, 실제로 모든 것이 성공적이었다. 몇 번의 드문 경우를 제외하고 폭풍우 같았던 전체 군 복무 기간 동안 그는 늘 성공적이었다. 그래서 그는 이번에도 그렇게 되기를 바랐다. 그는 보론초프가 지원해 준 군대를 이끌고 샤밀에게 쳐들어가 그를 포로로 잡아 복수하는 상상을 하였다. 또한 이에 대해 러시아 차르에게 포상을 받고, 아바르뿐만 아니라 체첸 지역 전역을 정복하여 통치하는 상상을 했다. 이런 생각을 하다가 그는 자기도 모르게 잠이 들었다.

　그는 자신의 용맹한 뮤리트들과 함께 '하지 무라트가 왔다'를 노래하고 외치며 샤밀에게 쳐들어가 샤밀과 그의 부인들을 포로로 잡고 그의 부인들이 울부짖는 소리를 듣는 꿈을 꾸었다. 눈을 떴다. 그는 "라 일라하"[34]라는 노래도 '하지 무라트가 왔다'는 외침도, 그리고 샤밀의 아내들이 울부짖는 소리도 사실은 들개가 신음하고 울부짖는 소리임을 깨달았다. 이 소리가 그를 깨웠다. 하지 무라트는 고개를 들어 나무줄기 사이로 이미 밝아오는 동녘 하늘을 바라보며 조금 떨어

---

34) '알라 이외에 신은 없다'라는 뜻의 "라 일라하 일 알라"는 알라에 대한 이슬람교도들의 믿음을 드러내는 핵심 구절이다. 이슬람교도들은 하루에 다섯 번 기도를 올릴 때 이 구절을 읊었으며, 전투 시에도 이 구절을 외쳤다.

져 앉아 있는 뮤리트에게 마고마 칸에 관해 물었다. 마고마 칸이 아직 돌아오지 않았다는 사실을 확인한 후 하지 무라트는 고개를 숙이고 다시 졸기 시작했다.

그는 바타와 함께 밀사의 임무를 마치고 돌아오는 마고마 칸의 활기찬 목소리를 듣고 잠에서 깼다. 마고마 칸은 곧장 하지 무라트 옆에 앉더니 러시아 병사들을 어떻게 만났는지와 그들이 공작에게 안내해 주었던 일, 그리고 자신이 공작과 직접 이야기 나눈 것과 공작이 기뻐하며 아침에 러시아인들이 벌목하기로 한 미치크 너머 살린스카야 초지에서 하지 무라트를 만나기로 약속했다고 전했다. 바타는 동료의 말 중간에 끼어들어 자기가 한 일을 상세하게 덧붙였다.

하지 무라트는 러시아군에 편입하겠다는 자신의 제안에 대해 보론초프가 어떤 대답을 했는지 상세하게 물었다. 마고마 칸과 바타는 한목소리로 공작이 하지 무라트를 손님으로 맞이하고 예우하기로 약속했다고 말했다. 또한 하지 무라트는 가는 길에 관해 자세히 물었고, 마고마 칸이 자신이 길을 잘 알기에 안내하겠다고 확언하자, 그는 돈을 꺼내 약속했던 3루블을 바타에게 주었다. 그리고 자신의 뮤리트들에게 멀쑥한 모습으로 러시아인들을 맞이하기 위해 각자의 안장 가방에서 황금으로 장식된 무기와 터번, 그리고 파파하를 채비하라고 명령했다. 무기와 안장과 마구를 닦고 말을 씻기는 동안, 하늘의 별들이 점차 사라지고 동이 트면서 차가운 새벽바람이 불어오기 시작했다.

5

어둠이 채 가시지 않은 이른 아침, 폴토라츠키의 지휘 아래 2개 중대 병사들이 도끼를 들고 차흐기린스키예 성문에서 10베르스타쯤 떨어진 곳으로 나가 저격병들을 산병선에 배치하고, 날이 밝자마자 벌목을 시작했다. 8시쯤, 생가지가 탁탁 터지며 타는 향기로운 연기랑 뒤섞인 안개가 걷히기 시작하자, 안개로 인해 다섯 걸음만 떨어져도 서로 아무것도 보지 못하고 소리만 들을 수 있었던 벌목꾼들은 모닥불과 쓰러진 나무들이 막아버린 숲길을 볼 수 있게 되었다. 태양은 안개 속에서 환한 빛으로 나타났다가, 어느샌가 바로 사라졌다. 길에서 떨어진 숲속 빈터에 폴토라츠키와 그의 부관 티호토프, 제3중대의 장교 두 명, 그리고 근위대 기병 장교로 복무하다 결투 사건과 연루되어 강등된, 폴로라츠키의 견습사관학교 동기인 프레제 남작이 북 위에 앉아 있었다. 북 주위에는 음식을 샀던 종이, 담배꽁초, 빈 병들이 널브러져 있었다. 장교들은 보드카를 마시고, 음식을 먹으며, 흑맥주도 마셨다. 고수가 여덟 번째 술병을 따고 있었다. 폴토라츠키는 잠을 충분히 자지 못했지만, 그의 병사들이나 동료들과 위험한 곳에 있을 때면 언제나 그렇듯 영혼이 고양된 특별한 상태와 평온함, 유쾌함을 느끼고 있었다.

장교들은 가장 최근에 알려진 소식인 슬렙초프 장군의 죽음에 대해 활발하게 이야기하고 있었다. 그들 중 그 누구도 장군의 죽음에서 삶의 가장 중요한 순간을, 즉 삶의 끝과 삶의 근원으로의 회귀를 직시하는 사람은 없었고, 다만 칼을 들고 산악민을 닥치는 대로 난도질했던 장교의 용맹스러운 모습만을 볼 뿐이었다.

비록 그들 모두가, 특히 전장에 참여한 장교들은 캅카스에서의 전투는 말할 것도 없고 그 어떤 곳에서도 칼을 든 백병전—백병전이라하면 늘 칼을 든 백병전으로 추정되어 묘사되었다—이 실제로 일어난 적이 없다는 사실을 알았고, 또한 알게도 되었지만, (칼과 총검을 들고 백병전이 일어났다고 해도 그것은 언제나 도주하는 적병을 찌르거나 베는 것에 불과했다), 허구의 백병전은 장교들에게 조용한 자부심과 즐거움을 주었다. 어떤 장교들은 당당한 자세로, 반대로 어떤 이들은 가장 단정한 자세로 북 위에 앉아 슬렙초프처럼 자기 자신에게도 언제 닥칠지 모르는 죽음에 대한 걱정 없이, 담배를 피우고 술을 마시며 농담을 나눴다. 그리고 실제로 그들의 기대에 부응이라도 하듯, 길 왼편에서 날카롭게 균열을 일으키는 소총의 경쾌하고 아름다운 소리가 울렸고, 총알은 경쾌한 휘파람 소리를 내며 안개 자욱한 대기 어딘가를 날아가 나무에 박혔다. 적의 사격에 응사하는 병사들의 큰 총성이 몇 발 울렸다.

"저런!" 폴토라츠키는 유쾌한 목소리로 소리쳤다. "산병선을 넘어왔군! 이봐, 코스탸.[35]" 그는 프레제를 돌아보며 말했다. "자네에게 기회가 왔네. 중대로 가게. 우리는 이제 멋진 전투를 지휘할 거야! 그런 후에 상황을 보고하도록 하세."

강등된 남작은 벌떡 일어나 연기가 나고 있는 자기 중대로 빠른 속도로 걸어갔다. 카바르다산 작은 흑갈색 말이 폴토라츠키 앞으로 끌려오자, 그는 말에 올라타서 중대를 정렬시킨 후, 총성이 울린 산병선으로 갔다. 산병선은 나무 한 그루도 없는 비탈진 계곡 숲 가장자리에 있었다. 바람이 숲을 향해 불어 비탈진 계곡뿐만 아니라 그 건너편까지도 또렷하게 보였다.

폴토라츠키가 산병선으로 올라갔을 때, 안개를 뚫고 태양이 떠서 100사젠[36]쯤 떨어진 맞은편 계곡 위 작은 숲에 있는 몇몇 기마병들을 볼 수 있었다. 그들은 하지 무라트를 추격해 온 체첸인들로, 하지 무라트가 러시아로 넘어가는 것을 확인하려는 것이었다. 그들 중 한 명이 산병선을 향해 총을 쐈다. 산병선에서도 몇몇 병사들이 이에 화답하듯 발사했다. 체첸인들이 뒤로 물러서자, 사격을 멈췄다. 그러나 폴토라츠키가 그의 중대와 함께 도착하여 발사 명령을 내리고, 병사들에게 그 명령이 전달되자마자 산병선 전체에 유쾌하고 활기찬 총

---

35) 프레제 남작의 이름인 콘스탄틴의 애칭.
36) 1사젠은 약 2.134미터.

성이 아름답게 흩어지는 연기와 함께 연달아 들려 왔다. 기분 전환할 수 있게 된 것에 기뻐하며, 병사들은 서둘러 장전하여 연발로 발사했다. 체첸인들은 약이 오른 듯 전진하면서 병사들을 향해 몇 발을 쏘았다. 그중 한 발이 병사에게 명중했다. 정찰에 나섰던 압데예프였다. 동료들이 그에게 달려왔을 때, 그는 엎드린 채 두 손으로 복부의 상처를 누르며 규칙적으로 경련하고 있었다.

"내가 막 총을 장전하려는 참이었는데, 퍽 하는 소리가 들렸어." 그와 짝을 이루고 있었던 병사가 말했다. "그래서 쳐다봤더니, 그가 총을 떨어뜨리는 거야."

압데예프는 폴토라츠키의 중대원이었다. 폴토라츠키는 병사들이 모여 있는 것을 보고 그들에게 말을 타고 달려갔다.

"형제, 무슨 일인가? 총에 맞았나?" 그가 물었다. "어디에?"

압데예프는 대답이 없었다.

"중대장님, 제가 막 총을 장전하려는데," 압데예프와 짝이었던 병사가 말했다. "퍽 하는 소리가 들려서 쳐다봤더니 그가 총을 떨어뜨렸습니다."

"쯧쯧," 폴토라츠키는 혀를 찼다. "많이 아픈가? 압데예프?"

"아프지는 않은데, 걸을 수가 없습니다. 술 좀 주십시오. 중대장님."

그들은 보드카를 찾았는데, 사실상 캅카스에서 병사들이 주로 마시는 알코올이었다. 파노프는 눈썹을 찌푸린 얼굴로 보드카를 병뚜껑에 따라 압데예프에게 주었다. 압데예프는 마시려다가 손으로 뚜

겡을 밀쳤다.

"마실 수가 없습니다." 그는 말했다. "당신이나 마셔요."

파노프가 알코올을 단숨에 마셔버렸다. 압데예프는 다시 한번 일어나려고 시도했지만, 또다시 쓰러지고 말았다. 병사들은 외투를 깔고 그 위에 압데예프를 눕혔다.

"중대장님, 연대장님께서 오셨습니다." 하사관이 와서 폴토라츠키에게 보고했다.

"알았네. 그럼 여기는 자네가 수습하게." 폴토라츠키는 이렇게 말하고 보론초프를 맞이하기 위해 채찍질하며 속보로 말을 몰았다.

보론초프는 영국산 적갈색 순종 종마를 타고 연대 부관과 카자크인, 체첸인 통역과 함께 왔다.

"도대체 무슨 일인가?" 그는 폴토라츠키에게 물었다.

"적군이 쳐들어와서 산병선을 향해 공격했습니다." 폴토라츠키가 그에게 대답했다.

"음, 그렇군. 자네가 먼저 공격했겠군."

"아닙니다, 공작." 폴토라츠키는 미소 지으며 대답했다. "그들이 먼저 도발했습니다."

"병사 한 명이 상처를 입었다고 하던데?"

"네, 훌륭한 병사인데 정말 유감입니다."

"심각한 부상인가?"

"그런 것 같습니다. 복부에 부상을 입었습니다."

"그건 그렇고, 자네는 내가 지금 어디로 가는지 알고 있는가?" 보론초프가 물었다.

"아니, 잘 모르겠습니다."

"짐작도 못하겠는가?"

"모르겠습니다."

"하지 무라트가 이쪽으로 넘어와서 지금 우리와 만나려고 하고 있네."

"설마요!"

"어제 그가 보낸 밀사가 왔었네." 기쁨의 미소를 억누르며 보론초프가 말했다. "지금 샬린스카야 숲속 초원에서 날 기다리고 있을 걸세. 자넨 초원까지 저격수들을 배치한 후 나에게 오게."

"알겠습니다." 폴토라츠키는 파파하에 손을 올려 거수경례하고 자기 중대로 말을 몰았다. 그는 직접 저격수들을 산병선 우측에 배치하고, 좌측은 하사관에게 배치하라 명령했다. 그러는 사이 네 명의 병사들이 부상병을 요새로 옮겼다.

폴토라츠키는 보론초프에게 되돌아가고 있을 때부터 뒤에서 자신을 따라오고 있는 기마병들을 보았다. 폴토라츠키는 말을 세우고 그들을 기다렸다.

그들 중 맨 앞에, 하얀 체르케스카를 입고, 파파하 위에 터번을 두른 채 황금으로 장식된 칼을 찬 늠름한 남자가 백마를 타고 다가왔다. 바로 하지 무라트였다. 그는 말을 탄 채 폴토라츠키에게 다가와 타타르어로 무어라 말했다. 폴토라츠키는 눈썹을 치켜세우며, 무슨 말인지 못 알아듣겠다는 표정으로 양팔을 벌리고 미소 지었다. 하지 무라트 역시 미소로 응답했고, 그의 어린아이 같은 미소에 폴로라츠키는 적잖게 당황했다. 폴토라츠키는 그 무시무시한 산악민이 이런 사람일 줄 상상도 할 수 없었다. 그는 하지 무라트가 음울하고 냉혹하며 낯선 사람일 거라 상상했다. 하지만 앞에 서 있는 사람은 낯설기는커녕 오랜 친구처럼 친절한 미소를 짓고 있는 순박한 사람의 모습이었다. 다만 특별한 점이 한 가지 있다면, 다른 사람들의 눈을 주의 깊고 날카롭게, 그리고 침착하게 바라보는, 두 눈 사이가 넓은 눈이었다.

하지 무라트의 수행원은 모두 네 명이었다. 수행원 중에는 지난밤 보론초프에게 밀사로 다녀간 마고마 칸도 있었다. 눈꺼풀이 없는 반짝이는 까만 눈에 홍조를 띤 둥근 얼굴의 마고마 칸은 삶의 기쁨으로 가득한 표정을 띠고 있었다. 또한 눈썹이 뭉쳐진 땅딸막한 몸집의 털북숭이 남자도 있었다. 하지 무라트의 전 재산을 관리하는 다게스탄의 산악민 하네피였다. 그는 짐을 가득 채워 넣은 안장 가방들을 매단 예비마를 끌고 있었다. 수행원 중에 두 명이 특히 눈에 띄었다. 한 사람은 옐다르로, 젊고 여자처럼 호리호리한 허리에 넓은 어깨와 이제 막 갈색 턱수염이 나기 시작한, 양처럼 순한 눈을 가진 잘생긴 미소년이었다. 다른 사람은 체첸인 감잘로로, 눈썹도 속눈썹도 없는 외눈박이로, 짧게 자른 붉은 턱수염과 코와 얼굴을 가로지르는 흉터가 있었다.

폴토라츠키는 길에 나타난 보론초프를 하지 무라트에게 가리켰다. 하지 무라트는 그에게 다가가 오른손을 가슴에 얹고 타타르어로 무언가를 말한 뒤 멈춰 섰다. 체첸인 통역인이 통역해주었다.

"러시아 차르에게 일신을 맡기고, 차르의 뜻에 충성을 다 하겠다고 합니다. 오래전부터 그러길 원했지만 샤밀이 허락하지 않았다고 합니다."

통역인의 말을 들은 보론초프는 사슴 가죽 장갑을 낀 손을 하지 무라트에게 내밀었다. 하지 무라트는 그 손을 쳐다보며 잠시 머뭇거리다가, 곧 힘차게 부여잡고서 통역인과 보론초프를 번갈아 보며 말을 덧붙였다.

"당신 말고는 다른 사람에게 투항하고 싶지 않았다고 합니다. 왜냐하면 당신이 총사령관의 아들이기 때문이라 합니다. 또한, 당신을 깊이 존경한다고 합니다."

보론초프는 감사의 표시로 머리를 숙였다. 하지 무라트는 수행원들을 가리키며 뭔가를 말했다.

"이 사람들은 자신의 뮤리트들인데, 이들도 또한 자신처럼 러시아군을 위해 헌신할 것이라고 합니다."

보론초프는 그들을 쭉 둘러보고는 마찬가지로 머리를 숙여 감사를 표했다.

눈꺼풀이 없는 까만 눈을 가진 유쾌한 마고마 칸도 머리를 숙이며 보론초프와 관련하여 무슨 농담이라도 했는지, 털복숭이 아바르인이 하얀 이를 드러내며 웃었다. 붉은 턱수염의 감잘로는 외눈박이 붉은 눈을 번뜩이며 보론초프를 잠깐 쳐다보았다가, 다시금 자기 말의 귀를 응시하였다.

보론초프와 하지 무라트가 수행원과 함께 요새로 돌아갔을 때, 산병선에서 내려온 병사들은 옹기종기 모여 각자의 의견을 말하고 있었다.

"저 저주받을 놈이 얼마나 많은 영혼을 죽였느냐 말이야. 그런데 지금 와서 저렇게 대접받는 것을 봐." 한 병사가 말했다.

"그건 당연한 거지. 샤밀의 최고 지휘관이었잖아. 지금은 뭐 두렵지 않지만. . . ."

"하지만 용맹한 용사지."

"그런데 그 붉은 턱수염, 그 붉은 턱수염 말이야, 짐승처럼 곁눈질하던데."

"음, 진짜 개와 같았어."

그들 모두는 붉은 턱수염을 특히 주목하였다.

길가 벌목장에 가까이 있던 병사들이 구경하기 위해 달려 나왔다. 장교가 그들에게 소리쳤지만, 보론초프는 오히려 장교를 말렸다.

"옛 친구를 볼 수 있도록 그냥 놔두게나. 자네는 그가 누구인지 아는가?" 보론초프는 자기 옆에 가까이 서 있는 병사에게 영국식 억양으로 천천히 물었다.

"잘 모르겠습니다, 각하."

"하지 무라트야, 들어봤지?"

"그럼요, 잘 알고 있습니다. 그자를 몇 차례 혼쭐낸 적도 있습니다."

"뭐, 그러다 자네가 혼쭐이 났겠지."

"사실 그렇습니다, 각하." 연대장과 대화를 나누고 있다는 사실에 들뜬 병사가 대답했다.

하지 무라트는 그들이 자기에 대해 이야기하고 있는 것을 깨닫고 즐거운 미소가 두 눈에 번졌다. 보론초프는 매우 유쾌한 기분으로 요새로 돌아왔다.

6

보론초프는 샤밀 다음으로 러시아의 가장 강력한 적을 투항하도록 설득하여 받아들인 것이 다름 아닌 자기 자신이라는 사실에 무척이나 기뻤다. 단, 한 가지 언짢은 것이 있었다. 보즈드비젠스코예의 군 통수권은 멜레르-자코멜스키 장군에게 있어, 모든 일은 반드시 그의 통제하에 처리되어야 했다. 하지만 보론초프는 장군에게 보고하지 않고 모든 것을 스스로 처리했는데, 이 때문에 곤란한 문제가 생길 수 있었다. 이런 생각이 보론초프의 기쁨을 다소 반감시켰다.

숙소에 도착한 보론초프는 하지 무라트의 뮤리트를 연대 부관에게 인도하고, 하지 무라트를 자신의 숙소로 안내했다.

아름답게 차려입은 마리야 바실리예브나는 잘생긴 곱슬머리 여섯 살 아들과 함께 거실에서 미소를 머금은 채 하지 무라트를 맞이했다. 하지 무라트는 가슴에 손을 얹고, 공작이 그를 집으로 초대했기 때문에 자신은 공작의 쿠나크라 생각하며, 공작이 자신처럼 쿠나크이면 쿠나크의 모든 가족도 쿠나크에게 매우 소중한 사람이라 생각한다고 그와 동행한 통역인을 통해 엄숙하게 말했다. 마리야 바실리예브나는 하지 무라트의 외모와 예의 바름에 만족했다. 특히 그녀가 자신의 크고 하얀 손을 내밀었을 때, 그가 얼굴을 붉힌 점이 그녀에게 더욱 호감을 샀다. 그녀는 그에게 앉으라 권한 후 커피를 마시겠냐고 묻고는, 커피를 준비하라고 시켰다. 그러나 하지 무라트는 커피를 내오자 마시지 않고 거절했다. 그는 러시아어를 조금 알아들을 수 있었지만 말하지는 못했다. 그래서 러시아어를 이해할 수 없을 때는 다만 미소만 지었는데, 폴토라츠키가 그랬듯 마리야 바실리예브나도 이 미소에 반했다. 불카라 불리는, 곱슬머리에 날카로운 눈매를 지닌 마리야 바실리예브나의 아들은 엄마 옆에 서서 위대한 전사라고 소문으로만 듣던 하지 무라트를 잠시도 눈을 떼지 않고 쳐다보고 있었다.

하지 무라트를 아내에게 맡겨둔 채 보론초프는 하지 무라트의 투항 사실을 상부에 보고하기 위해 집무실로 갔다. 그는 그로즈나야에 주둔해 있는 좌현군 사령관인 코즐롭스키 장군에게 보낼 보고서를 작성하고, 아버지에게 보낼 편지를 쓴 다음 서둘러 집으로 돌아갔다. 그녀의 아내가 지나치게 적대적이거나 또한 지나치게 친절할 필요도 없는 낯설고 두려운 이방인을 자신에게 맡겨두었다고 언짢아할 것을 두려워했기 때문이다. 하지만 그의 걱정은 기우에 불과했다. 하지 무라트는 안락의자에 앉아 보론초프의 의붓아들인 불카를 무릎 위에 앉히고는, 머리를 숙인 채 마리야 바실리예브나가 웃으며 하는 말을 통역관을 통해 집중해서 듣고 있었다. 마리야 바실리예브나는 하지 무라트가 자신의 물건을 이 쿠나크가 칭송할 때마다 선물로 내어주다 보면 금세 아담처럼 벌거숭이가 되어 돌아다니게 될 것이라고 말하고 있었다. . . .

공작이 들어오자, 하지 무라트는 공작의 등장에 깜짝 놀라며 화를 내는 불카를 자신의 무릎에서 내려놓고 일어섰고, 장난기 가득한 표정은 엄숙하고 진지한 표정으로 즉각 바뀌었다. 보론초프가 자리에 앉자, 하지 무라트도 앉았다. 끊겼던 대화가 이어졌다. 하지 무라트는 마리야 바실리예브나의 말에, 쿠나크가 좋아하는 것을 쿠나크에게 선물하는 것은 그들의 규범이라 대답했다. "당신의 아드님은 제게 쿠나크입니다." 그가 자신의 무릎 위로 다시 올라온 불카의 곱슬머리를 쓰다듬며 러시아 말로 말했다.

"당신의 저 산적은 매력적인 사람이에요." 마리야 마실리예브나는 남편에게 프랑스 말로 말했다. "불카가 저 사람의 단검을 보고 감탄하니깐, 선물로 불카에게 줬어요."

불카는 단검을 새아빠에게 보여주었다.

"상당히 값비싼 물건이에요." 마리야 바실리예브나가 말했다.

"그에게 선물할 기회를 엿봐야겠군." 보론초프가 말했다.

하지 무라트는 눈을 지긋이 아래로 내리깔고 앉아, 소년의 곱슬머리를 쓰다듬으면서 반복해서 말했다.

"지기트,[37] 지기트."

---

37) 지기트: '노련한 기수,' '곡예승마자,' '훌륭한 동료,' '용맹한 자'라는 뜻을 갖는 말.

"굉장한 단검이군. 굉장해." 보론초프는 가운데 홈이 파여 있는 날카로운 강철 단검을 반쯤 빼보며 말했다. "고맙군."

"내가 그를 위해 무엇을 하면 좋을지 물어보게나." 보론초프는 통역관에게 말했다.

통역관은 번역했고, 이에 하지 무라트는 필요한 것은 아무것도 없지만, 다만 기도드릴 수 있는 곳을 마련해 주면 좋겠다고 말했다. 보론초프는 시종을 불러 하지 무라트가 원하는 것을 들어 주라고 일렀다.

기도할 수 있는 방에 혼자 남게 되자마자, 즐겁고, 다정하고, 근엄했던 그의 표정은 일순간 사라지고 수심 가득한 표정으로 바뀌었다.

보론초프는 그가 예상했던 것보다 훨씬 더 친절하게 대해 주었다. 그러나 그들의 환대가 크면 클수록, 하지 무라트는 보론초프와 그의 장교들을 더욱더 신뢰할 수 없었다. 그는 모든 것이 두려웠다. 그는 체포되어 사슬에 묶여 시베리아로 추방되거나, 아니면 사살되는 것은 아닌가 두려웠다. 그래서 그는 경계심을 늦추지 않았다.

옐다르가 방에 들어오자, 하지 무라트는 그에게 뮤리트들이 어디에 머물고 있는지, 말은 어디에 메여 있는지, 그들의 무기를 러시아군들이 압수했는지 물었다.

옐다르는 말들은 공작의 마구간에 있고, 뮤리트들은 헛간에 체류하고 있으며, 무기는 뮤리트들이 소지하고 있고, 통역관이 그들에게 음식과 차를 보내 주었다고 보고했다.

하지 무라트는 여전히 의심스러운 듯 고개를 저은 후, 옷을 벗고 기도하기 시작했다. 기도를 마친 뒤, 그는 은으로 만든 단검을 가져오라 명령한 다음, 다시 옷을 입고 허리띠를 맨 후 소파에 다리를 포개고 앉아 그에게 닥칠지도 모를 무엇인가를 기다렸다.

네 시쯤 저녁을 함께하자는 공작의 초대를 받았다.

하지 무라트는 저녁 식사 시간에 필리프를 제외하고는 아무것도 먹지 않았는데, 필리프도 마리야 바실리예브나가 퍼서 담은 바로 그 자리의 것만 직접 퍼담아 먹었다.

"우리가 독살이라도 할까 봐 두려워하는 것 같아요." 마리야 바실리예브나가 남편에게 말했다. "내가 퍼담은 것만 퍼서 먹어요." 이렇게 말한 후, 그녀는 하지 무라트에게 얼굴을 돌려 언제 다시 기도하는지 통역관을 통해 물었다. 하지 무라트는 다섯 손가락을 들어 태양을 가리켰다.

"곧 그 시간이라는 표현이죠."

보론초프가 브레게 시계를 꺼내 스프링을 눌렀다. 시계가 4시 15분을 가리켰다. 하지 무라트는 시계 소리에 깜짝 놀라 그 소리를 다시 한번 듣고 싶다고 말하면서 구경해도 되는지 물어보았다.

"*지금이 기회예요. 그에게 시계를 선물하세요.*" 마리야 바실리예브나가 남편에게 말했다.

보론초프는 즉시 하지 무라트에게 시계를 선물하고 싶다고 말했다. 하지 무라트는 감사의 표시로 가슴에 손을 얹고 시계를 받았다. 그는 몇 번이나 스프링을 눌러 소리를 듣고 고개를 끄덕여 보였다.

식사를 마친 후, 멜레르-자코멜스키 장군의 부관이 도착했다는 연락이 왔다.

부관은 장군이 하지 무라트가 투항했다는 소식을 들었는데, 지금껏 아무런 보고도 없어 매우 못마땅해하고 있으며, 즉시 하지 무라트를 이송해 오라 명령했다고 공작에게 말했다. 보론초프는 장군의 명령대로 수행하겠다고 대답하고, 통역관을 통해 하지 무라트에게 장군의 명령을 전하면서, 그와 함께 멜레르에게 가야 한다고 말했다.

마리야 바실리예브나는 부관이 찾아온 이유를 알게 되었을 때, 남편과 장군 사이에 뭔가 껄끄러운 일이 벌어질지도 모른다고 직감하고는 남편이 만류하는데도 불구하고 남편과 하지 무라트를 따라가겠다고 나섰다.

"당신은 여기 집에 있는 것이 좋겠어. 이건 내 일이지 당신 일이 아니야."

"전 그냥 장군의 부인을 만나 뵈러 가는 것이니 막지 말아 주세요."

"그럼 다음에 찾아뵈러 가."

"전 지금 바로 가고 싶어요."

어쩔 수 없었다. 하지 무라트가 동의했고, 셋이서 함께 장군에게 향했다.

그들이 도착하자 멜레르는 시무룩하지만 정중한 태도로 마리야 바실리예브나를 그의 아내에게 안내하고, 부관에게는 하지 무라트를 대기실로 데려가 그의 명령이 있을 때까지 꼼짝도 하지 말라고 지시했다.

"자, 자네는 이리로 들어가지." 장군은 보론초프에게 자신의 집무실 문을 열어 먼저 들여보내며 말했다.

집무실 안으로 들어가자마자, 장군은 공작 앞에 똑바로 서서 의자에 앉으라 권하지도 않은 채 다짜고짜 말하기 시작했다.

"나는 이곳의 군 지휘관일세, 따라서 적과의 그 어떤 협상도 나를 통해 이루어져야 하네. 그런데 자네는 하지 무라트가 투항한다는 사실을 왜 내게 보고하지 않았나?"

"밀사가 제게 찾아와 하지 무라트가 투항하고 싶다는 의향을 전해왔습니다." 몹시 성난 장군의 격렬한 분노를 예상하면서, 보론초프는 흥분을 주체하지 못해 창백해진 얼굴로 대답했다. 그 역시 장군의 분노에 감염되었다.

"그럼 도대체 왜 내게 보고하지 않았는지 말해주겠나?"

"보고하려고 했습니다, 남작. 그런데. . . ."

"나는 자네의 남작이 아닐세, 나는 자네의 지휘관인 '각하'란 말이야."

지금껏 참고 있었던 남작의 분노가 갑자기 터져버렸다. 그는 오랫동안 쌓아두고 있었던 감정을 한꺼번에 쏟아냈다.

"내가 27년 동안 황제를 위해 헌신한 것은, 혈연으로 이제 막 군대에 들어온 뭣도 모르는 애송이들이 내 코앞에서 제멋대로 명령을 내리는 것을 보기 위한 것은 아닐세."

"각하! 그렇지 않습니다. 오해입니다." 보론초프가 장군의 말을 끊으며 말했다.

"오해는 무슨, 난 사실을 말하고 있을 뿐이고 절대로 그냥 넘어가지 않을걸세. . . ." 장군은 더욱 화를 내며 말했다.

바로 그 순간, 바스락거리는 치맛자락 소리를 내며 마리야 바실리예브나가 집무실로 들어왔다. 키가 작고 단정한 멜레르-자코멜스키의 아내도 뒤따라 들어왔다.

"남작님, 진정하세요. *시몽*[38]은 당신을 언짢게 하려던 것은 아니었어요." 마리야 바실리예브나가 말하기 시작했다.

"전 그것에 대해 말하려고 하는 것이 아닙니다. . . ."

"그럼요, 자 이제 그 이야기는 그만하도록 해요. 이런 말이 있잖아요, '나쁜 논쟁'이 '좋은 다툼'보다 낫다는 것을요. 오! 대체 내가 무슨 말을 하는 거죠. . . ."[39] 그녀는 웃음을 지어 보였다.

화를 내던 장군도 아름다운 여인의 미소에 굴복하고 말았다. 그의 콧수염 아래로 미소가 번졌다.

"제가 잘못한 것은 인정합니다. 하지만. . . ." 보론초프가 말했다.

"뭐, 나도 좀 흥분했네." 멜레르는 공작에게 악수를 청했다.

서로 화해했고, 멜레르가 하지 무라트를 데리고 있다가 좌현군 사령관에게 보내기로 했다.

---

38) 세묜의 프랑스어.
39) '좋은 다툼이 나쁜 논쟁보다 낫다'를 반대로 언급한 것.

하지 무라트는 옆방에 앉아 그들이 무슨 대화를 나누는지 이해할 수는 없었지만, 자신이 반드시 알아야만 하는 것들에 대해 논의하고 있다는 것을 짐작할 수 있었다. 즉, 자기와 관련된 논쟁이 벌어졌으며, 샤밀을 배신한 것이 러시아로서는 매우 중대한 사건이기 때문에 자신을 유형에 처하거나 사형시키지는 않으리라 판단했다. 오히려 그는 러시아에 더 많은 것을 요구해 받아낼 수 있겠다고 생각했다. 또한, 멜레르-자코멜리스키가 상관이지만 부하인 보론초프가 더 중요한 역할을 수행하므로 보론초프가 중요하며, 멜레르-자코멜리스키는 그렇지 않다는 것을 깨달았다. 따라서 멜레르-자코멜리스키가 하지 무라트를 소환하여 심문하기 시작했을 때, 하지 무라트는 당당하고 위엄있는 태도로 하얀차르[40]에게 헌신하기 위해 산에서 내려왔고, 멜레르의 상관, 즉 티플리스[41]의 사령관인 보론초프 공작에게만 모든 것을 털어 놓겠다고 말했다.

---

40) 하얀옷을 즐겨 입어 붙여진 러시아 황제의 별명.
41) 그루지야 공화국의 수도인 트빌리시의 러시아식 이름.

7

부상당한 압데예프는 요새 입구에 나무판자로 지붕을 얹은 작은 건물 안에 있는 야전병원으로 후송되어, 공동 병실의 빈 침대로 옮겨졌다. 병실에는 네 명의 환자가 있었다. 한 명은 고열에 시달리는 티푸스 환자였으며, 다른 한 명은 창백한 얼굴에 눈 밑이 거뭇하고 다음 발작을 기다리는 듯 끊임없이 하품만 해대는 열병 환자였다. 나머지 두 환자는 3주 전 습격 당시 부상을 입은 병사로, 한 명(그는 서 있었다.)은 팔을 다쳤고, 다른 한 명(그는 침대에 앉아 있었다.)은 어깨를 다쳤다. 티푸스 환자를 제외한 모든 환자가 새로 온 부상자를 둘러싸고 그를 후송한 병사들에게 질문을 했다.

"어떨 때는 총을 콩 볶듯 쏴대도 아무 일 없었는데, 이번에는 다섯 발밖에 쏘지 않았는데 맞았단 말이야." 후송병 중 한 명이 말했다.

"총에 맞을 운명이었던 거지!"

"아아!" 사람들이 침대에 눕히려고 하자 압데예프는 고통을 참지 못하고 비명을 내질렀다. 침대에 눕자, 그는 얼굴을 찌푸린 채 더 이상 신음소리를 내지 않고 발만 계속 움직이고 있었다. 그는 두 손으로 상처를 누른 채, 멍하니 전방만 주시했다.

군의관이 와서 총알이 등을 관통했는지 진찰하기 위해 부상병을 돌려 눕히라고 명령했다.

"이건 무슨 상처야?" 의사는 등과 엉덩이에 십자 모양의 하얀 흉터를 가리키며 물었다.

"예전에 생긴 상처입니다. 각하." 압데예프는 신음을 내며 대답했다.

그가 공금을 횡령하여 술을 마신 형벌로 받은 태형의 흔적이었다.

압데예프는 다시 똑바로 눕혀졌고, 군의관은 오랫동안 소식자로 복부를 휘저어 총알을 찾았지만, 그것을 제거할 수 없었다. 군의관은 상처에 거즈를 대고 붕대를 감은 후 나가버렸다. 소식자로 복부를 휘젓고 붕대를 감는 동안 압데예프는 이를 악물고 눈을 질끈 감았다. 군의관이 나가자, 그는 눈을 뜨고 깜짝 놀란 듯 주위를 둘러보았다. 그의 눈은 환자와 위생병을 향하고 있었지만, 그들을 보지 못하는 것 같았고, 그를 무척 놀라게 만든 뭔가를 보고 있는 듯했다.

압데예프의 동료인 파노프와 세료긴이 찾아왔다. 압데예프는 여전히 놀란 듯 정면만 주시하며 누워 있었다. 그는 자기 앞에 서 있는 동료들을 똑바로 쳐다보고 있었지만, 한동안 그들을 알아보지 못했다.

"표트르,[42] 집에 전하고 싶은 말 없어?" 파노프가 말했다.

---

42) 압데예프의 이름으로 러시아 이름은 이름-부칭-성으로 이루어졌다. 주로 이름이나 애칭을 사용한다.

압데예프는 파노프의 얼굴을 쳐다보고 있었지만 대답하지 않았다.

"집에 전하고 싶은 말 없어?" 파노프는 뼈마디가 굵은 압데예프의 차가운 손을 잡으며 다시 물었다.

압데예프는 그순간 정신이 든 것 같았다.

"아, 안토니치, 오셨군요!"

"그래, 내가 왔네, 집에 전할 말이 없는가? 세료긴이 편지를 써 줄 거야."

"세료긴." 압데예프는 세료긴을 향해 힘겹게 쳐다보며 말했다. "편지를 써 주겠나?.... 그럼 이렇게 써 주게나. '당신의 아들 페트루하[43]가 만수무강을 빕니다.' 나는 형을 시기했다네. 오늘도 자네에게 이야기했었지. 하지만 지금은 괜찮다네. 형에게 신경 쓰지 말고 잘 살라고 전해 줘. 하나님의 보살핌으로 잘 산다면 기쁘겠다고 써 주게."

이렇게 말한 뒤, 그는 파노프를 응시한 채 오랫동안 침묵했다.

"그런데 담배 파이프는 찾았습니까?" 그는 느닷없이 물었다.

파노프는 고개만 끄덕일 뿐 대답하지 않았다.

"파이프, 파이프를 찾았습니까?" 압데예프가 재차 물었다.

"자루 속에 있었어."

"아, 거기에 있었군요. 이제 제게 촛불을 주세요. 곧 죽을 것 같아요." 압데예프가 말했다.

---

43) 표트르의 애칭.

바로 그때 폴토라츠키가 자신의 병사를 살펴보기 위해 왔다.

"이봐 형제, 많이 아픈가?" 그가 말했다.

압데예프는 눈을 감고 가망 없다는 듯이 고개를 저었다. 광대뼈가 튀어나온 얼굴은 창백하고 딱딱하게 굳었다. 그는 아무 대답도 하지 않은 채 파노프를 바라보며 반복해서 말했다.

"촛불을 주세요. 저는 이제 죽을 겁니다."

그의 손에 촛불을 쥐여 주려 했지만, 손가락이 구부러지지 않아 손가락 사이에다 촛불을 끼워 주었다. 폴토라츠키는 밖으로 나가 버렸고, 나간 지 5분쯤 지나 위생병이 귀를 압데예프의 가슴에 갖다 대 보고는 사망을 선언했다.

압데예프의 죽음은 티플리스 사령부에 보내는 보고서에 다음과 같이 기록되었다. "11월 23일, 쿠린스키 연대의 2개 중대는 삼림 벌채를 하기 위해 요새 밖으로 나옴. 이날 정오, 꽤 많은 수의 산악민들이 기습 공격을 감행하였음. 전초선은 퇴각했고, 제2중대는 총검으로 공격해서 산악민들을 소탕함. 가벼운 부상자 두 명, 전사자 한 명, 죽거나 부상당한 산악민의 수는 대략 백 명."

8

 페르루하 압데예프가 보즈드비젠스코예 야전병원에서 죽던 날, 그의 늙은 아버지는 압데예프 때문에 군대에 가지 않게 된 형의 아내와 혼기가 꽉 찬 형의 딸과 함께 꽁꽁 얼어붙은 마당에서 귀리를 타작하고 있었다. 전날 폭설이 내려 아침부터 살이 에일 듯 추웠다. 노인은 수탉이 세 번째 홰를 칠 무렵 일어나, 서리에 뒤덮인 창문으로 빛나는 환한 달빛을 쳐다보며 페치카 위에서 내려와, 장화를 신고 모피 외투에 털모자를 쓴 다음 탈곡장으로 나갔다. 탈곡장에서 2시간 정도 일한 후 노인은 작은 집으로 돌아와 잠을 자고 있던 아들과 여자들을 깨웠다. 아낙네들과 소녀가 탈곡장으로 나왔을 때는 이미 눈이 깨끗이 치워져 있었고, 나무 석가래는 버슬버슬한 하얀 눈더미에 꽂혀 있었다. 그리고 그 옆에는 나뭇가지로 만든 대빗자루가 있었고, 깨끗하게 치워진 탈곡장 마당에는 낟알이 서로 마주하게끔 귀리 다발이 두 줄로 길게 정돈되어 있었다. 그들은 도리깨를 들고, 세 박자 리듬에 맞춰 타작하기 시작했다. 노인은 귀리 짚이 짓이겨질 정도로 무거운 도리깨를 힘차게 내리쳤고, 소녀는 박자를 맞추면서 내리쳤다. 며느리는 귀리 다발을 뒤집어 놓았다.

달이 지고 동이 트기 시작했다. 그들이 타작을 거의 마무리하고 있을 때쯤, 장남 아킴이 반모피 외투에 모자를 쓴 채 탈곡장에 나타났다.

"대체 왜 그렇게 빈둥거리기만 하는 거냐?" 노인은 타작을 잠시 멈추고, 도리깨에 몸을 기댄 채 아들에게 소리쳤다.

"누군가는 말들을 내보내야 했거든요."

"말들을 내보내야 했거든요." 아버지는 아킴의 말투를 그대로 흉내 내며 조롱했다. "그건 네 어머니가 알아서 할 거야. 도리깨나 어서 들어. 뒤룩뒤룩 돼지처럼 살만 쪄서는. 술주정뱅이 같으니!"

"뭐, 술이라도 한 잔 사준 적 있어요?" 아들이 툴툴거렸다.

"너, 뭐라고 말했어?" 노인이 얼굴을 잔뜩 찌푸리고 도리깨를 헛치며 무섭게 되물었다.

아들은 아무 말 없이 조용히 도리깨를 들었고, 이제 네 박자에 맞춰 타작이 시작되었다. "탁, 타타타, 탁, 타타타 , . . 탁!" 네 박자에 맞춰 노인은 무거운 도리깨를 내리쳤다.

"네 목덜미를 보니 아주 잘 먹은 귀족 나리 같구나. 애비는 먹지 못해서 바지가 흘러내리는데 말이야." 노인은 말하느라 타작할 차례를 놓쳤지만, 박자를 맞추기 위해 도리깨를 허공에다 내리쳤다.

탈곡이 끝나자, 여자들은 갈퀴로 짚을 제거하기 시작했다.

"네놈 대신에 군대에 간 페트루하는 바보야. 네놈이 군대에 가서 정신을 차려야 했었는데 말이야. 페트루하가 집에 있었다면 네놈의 다섯 배는 일을 하고 남았을 거다."

"알았어요, 아버님, 인제 그만 하세요." 낟알을 털어낸 귀리를 묶어 한쪽으로 던지면서 며느리가 말했다.

"알았다, 여섯 명을 먹여 살려야 하는데, 한 놈 제대로 일하는 녀석이 없구나. 페트루하는 혼자서 두 사람 몫을 해냈단 말이야. 너와 달리 말이야. . . ."

면 각반을 다리에 바짝 동여매고 그 밑에 나무로 만든 신발을 신은 노파가 밟아서 잘 다져진 눈길을 뽀드득 소리를 내며 다가왔다. 남자들이 타작되지 않은 낟알을 긁어모아 놓으면, 여자들과 소녀가 그 자리를 쓸어 내고 있었다.

"촌장이 왔었어요. 모두 주인댁을 위해 벽돌을 날라야 한 대요." 노파가 말했다. "아침 준비를 했는데, 와서 좀 드시죠."

"알았어. 말에 마구를 채워라." 노인은 아킴에게 말했다. "그리고 예전처럼 행동하지 좀 말아라. 제발 좀 책임감 있게 행동하란 말이야. 페트루하를 생각해서라도 말이야."

"페트루하가 집에 있을 때는 그렇게 호통을 치시더니." 아킴이 아버지에게 큰 소리로 대들었다. "이제 없으니, 저를 괴롭히시네요."

"욕 얻어먹을 만하니 그렇지!" 어머니도 화가 나서 말했다. "넌 페트루하 발끝조차 따라갈 수 없어."

"알았어요, 알았어!" 아들이 말했다.

"오 그래, 알았다니 다행이다. 밀가루를 판 돈으로 죄다 술 처먹은 주제에 '알았어요'라고 말하면 다냐."

"지난 일을 말해 봤자 무슨 소용이에요." 며느리가 말했다. 모두 도리깨를 내려 놓고 집으로 향했다.

아버지와 아들 사이의 불화는 이미 오래전부터, 대략 표트르가 군대에 입대할 무렵부터 시작되었다. 그때 노인의 심정은 매를 뻐꾸기와 바꾼 듯한 기분이었다. 사실 법대로 하면, 자식이 없는 동생이 가족이 있는 형을 대신해 입대해야 한다는 사실을 노인도 충분히 이해하고 있었다. 아킴에게는 자식이 넷이나 있었지만, 표트르에게는 자식이 없었다. 하지만 표트르는 그의 아버지처럼 훌륭한 일꾼으로 솜씨가 뛰어나고 영리했으며, 강인함과 끈기를 지녔다. 그리고 무엇보다도 그는 매우 성실했다. 그는 항상 일했다. 일하는 사람의 옆을 지나가게 되면, 아버지가 그랬듯이 남의 일을 거들어 주기 위해 큰 낫으로 두어 두둑 풀을 베어 주기도 하고, 수레를 끌어 주었으며, 나무를 베거나 장작을 패 주곤 하였다. 노인은 표트르가 입대하는 것이 안타까웠지만, 어쩔 도리가 없었다. 군인이 되는 것은, 사실 죽는 것과 마찬가지였다. 군인은 사지가 절단된 것과 마찬가지여서, 입대한 아들을 생각해 봤자 그것은 영혼을 괴롭히는 소용없는 일에 불과했다. 다만 가끔 오늘처럼 장남을 야단칠 때 작은아들을 떠올리곤 했다. 그러나 어머니는 종종 작은아들을 떠올렸고, 거의 일 년이 넘도록 페트루하에게 조금이라도 돈을 송금해 주자고 남편을 설득했다.

그러나 노인은 아무런 대답도 없었다.

압데예프 집안은 꽤 잘 살았고, 노인에게는 감추어 둔 돈도 좀 있었지만, 절대로 그 돈에 손대는 일은 없었다. 노파는 작은아들 이야기가 나오자, 이참에 귀리를 판 돈에서 1루블 정도를 작은아들에게 보내 주자고 다시 한번 노인에게 말해 볼 심사였다. 그리고 실제로 그렇게 말했다. 젊은이들이 주인댁 일을 도우러 모두 나가 노인과 단둘이 있게 되자, 노파는 귀리를 판 돈에서 1루블이라도 페트루하에게 보내자고 남편을 설득했다. 타작한 귀리 중에서 12체트베르티[44]를 올이 굵은 삼베 자루에 담아 세 썰매에 싣고, 나무못으로 안정적으로 고정한 후, 노파는 마을 점원이 대필해 준 편지를 노인에게 건네 주었다. 노인은 읍내에 도착하면 편지에 1루블을 넣어 아들에게 보내겠다고 약속했다.

새로 장만한 털외투와 카프탄[45]을 입고, 하얀 면 각반을 다리에 감싼 노인은 편지를 지갑에 잘 간직하고 신에게 기도를 드린 후, 썰매 앞부분에 앉아 읍내로 출발했다. 썰매 뒷부분에는 손자가 탔다. 읍내에 도착해서 노인은 여인숙 주인에게 편지를 읽어달라고 부탁하고는, 귀를 기울여 들으면서 고개를 끄덕였다.

페트루하에게 보낼 편지에서 그녀는 첫 번째로 아들의 축복을 빌

---

44) 곡물을 잴 때 사용했던 러시아의 도량 단위. 1체트베르티는 약 210리터.
45) 농민들이 입던 소매가 긴 저고리.

었고, 두 번째로 가족들의 안부와 대부가 죽었다는 소식을 전했다. 마지막으로 표트르의 아내인 악시냐가 "우리와 더 이상 함께 살고 싶지 않다고 집을 나갔구나. 그녀가 착하고 성실하게 잘 지낸다는 소식을 듣고 있어." 이런 내용을 전했다. 그리고 1루블을 편지에 동봉한다는 것과 후회로 가득한 노파가 눈물을 흘리면서 점원에게 자신의 심정을 그대로 옮겨달라고 했다는 말도 덧붙였다.

"그리고 내 새끼, 내 소중한 페트루셴카야, 네 생각만 하면 눈물이 쏟아지는구나. 네 눈을 생각하면 더욱 그렇구나. 내 사랑하는 아들아, 왜 내 곁을 떠났는지. . . ." 이 대목에서 노파는 오열에 눈물을 쏟아내며 말했다.

"여기까지만 쓸게요."

점원에게 한 이 말까지도 편지에 그대로 적혔지만, 페트루하는 아내가 집을 떠났다는 소식도, 1루블의 돈도, 어머니의 이 마지막 말도 전해들 수 없는 운명이었다. 편지와 돈은 페트루하가 전쟁에서 전사했다는 통지서와 함께 되돌아왔다. 통지서에는 군 서기가 "황제와 조국, 그리고 정교회의 신앙을 수호하기 위해"라는 문구를 적었다.

아들의 전사 소식을 듣고 노파는 넋을 잃고 울었지만, 이내 다시 일을 시작했다. 돌아오는 일요일에 그녀는 교회에 나가 "하나님의 종 표트르를 추모하며 선한 자들에게" 성찬식 빵을 나눠 주었다.

병사의 아내 악시냐도 "일 년밖에 함께 살지 못한 사랑하는 남편이" 전사했다는 소식에 오열하며 울었다. 그녀는 남편과 파멸해 버린 자신의 인생에 대해 한탄했다. 그녀는 "표트로 미하일로비치의 연한 갈색 곱슬머리와 그가 주었던 사랑, 그리고 고아가 된 반카[46]와 함께 살아야만 하는 비참한 인생"을 생각하며 오열했으며, "페트루샤가 자신의 형만 생각하고 자신을 낯선 사람들 사이에 그대로 내버려 둔 채 돌보지 않았다며 쓰라린 원망을 퍼부어 대기도 했다."

그러나 마음 한구석에서는 표트르의 전사 소식이 달가웠다. 악시냐는 함께 살고 있었던 점원의 아이를 새로 임신하고 있었기 때문이다. 이제 그녀를 비난할 사람은 없었으며, 점원이 동거하자고 설득하면서 말했던 결혼도 할 수 있게 되었다.

---

46) 톨스토이는 페트루하에게 자식이 없었다고 기술했는데, 여기서 '고아가 된 반카'라 언급하고 있다. 페트루하가 입대하기 전 아내의 임신 사실을 몰랐었거나, 톨스토이의 단순한 실수인 듯하다.

9

러시아 대사의 아들로 영국에서 교육받은 미하일 세묘노비치 보론
초프[47]는 그 당시 러시아 고관 중에서는 드물게 유럽식 교육을 받은
야망이 있는 자로, 아랫사람에게는 온화하고 다정하며, 윗사람에게
는 섬세한 신하였다. 그는 권력과 복종이 없는 삶에 대해서는 생각해
볼 수 없었다. 그는 최고로 높은 직위와 훈장을 받았으며 탁월한 군
지휘관으로 인정받았고, 심지어는 '크라온에서 나폴레옹을 정복한
자'[48]로 명명되었다. 1851년 그는 일흔 살이 넘었지만, 여전히 혈기 왕
성하고 활발하게 움직였으며, 무엇보다도 친근감을 주는 세련된 지
성으로 자신의 권력을 유지하고 명성을 떨칠 수 있었다. 그는 막대한
재산—그의 재산뿐만 아니라 브라니츠키 백작의 딸인 아내의 재산

---

47) 보론초프(Mikhail Semyonovich Vorontsov, 1782-1856)는 나폴레옹과의
　　조국 전쟁 당시 육군 원수였다. 1844년 그는 캅카스의 총사령관으로 임명되었다.
48) 이와 반대로 1814년 3월 7일 벌어진 크라온 전투에서 나폴레옹은 37,000명의
　　군대를 이끌고 블뤼허(Blücher) 장군이 지휘하는 85,000명의 러시아군과 프
　　로이센군에 맞서 승리를 거두었다.

―을 소유했고, 총사령관으로서 엄청난 봉급을 받았는데, 재산의 상당한 부분을 크림 남부 해안에 신축하는 저택과 정원을 위해 사용하였다.

1851년 12월 7일 저녁, 전령의 삼두마차가 티플리스에 있는 그의 저택으로 달려왔다. 먼지를 온통 뒤집어써 시커멓게 된 지친 장교는 코즐롭스키 장군에게서 하지 무라트가 러시아에 투항했다는 소식을 전하러 왔다. 그는 굳은 다리를 쭉 펴면서 총사령관 저택의 넓은 현관에 서 있는 보초병을 지나 안으로 들어갔다. 저녁 6시였고, 전령이 도착했다는 소식을 들었을 때는 저녁 식사를 하러 갈 참이었다. 보론초프는 그 즉시 전령을 만났고, 이에 식사 시간에 조금 늦게 되었다. 그가 객실에 들어갔을 때, 엘리자베타 크사베리예브나 공작부인 주변에 앉아 있거나 창가에 무리를 지어 서 있던, 대략 서른 명쯤 되는 손님이 일제히 일어나 그를 향해 돌아보았다. 보론초프는 평소처럼 검은색 군복에 견장을 달지 않은 채 좁은 어깨끈을 매고 있었으며, 목에는 하얀 십자훈장을 걸고 있었다. 깔끔하게 면도한 여우 같은 얼굴에 기쁨에 찬 미소를 띤 그는 눈을 가늘게 뜨고 손님들을 모두 쭉 둘러보았다.

부드럽지만 서두르는 걸음으로 객실에 들어온 그는 부인들에게 식사 시간에 지각한 것을 사과한 후 남자들과 인사를 나누었다. 그리고서 그는 그루지야 공작부인 마나나 오르벨랴니에게 다가가 팔을 내밀어, 풍만한 체격에 키가 큰 마흔다섯 살쯤 된 동양적 타입의 아름다움을 지닌 부인을 테이블로 안내했다. 엘리자베타 크사베리예브나 공작부인은 이곳을 방문한 짧은 콧수염에 붉은색 머리카락을 지닌 장군에게 팔을 내밀었다. 그루지야 공작은 공작부인의 친구인 슈아쵤 백작 부인에게 팔을 내밀었다. 의사 안드레옙스키와 부관들, 그리고 다른 사람들, 부인을 동행한 사람들이나 그렇지 않은 사람들이 세 쌍의 뒤를 따랐다. 카프탄을 입고 스타킹에 단화를 신은 하인들은 손님들이 테이블 의자에 앉을 수 있도록 의자를 뒤로 빼 주었다가 다시 넣어 주었고, 집사는 엄숙한 자세로 김이 나는 수프를 은그릇에서 떠 접시에 담아 주었다.

보론초프는 긴 테이블 중앙에 앉았다. 맞은편에는 그의 아내인 공작부인이 장군과 함께 앉아 있었다. 그의 오른쪽에는 아름다운 오르벨랴니 공작부인이 앉아 있었고, 왼쪽에는 날씬하고 검은 머리에 혈색이 좋은 그루지야 출신의 젊은 공작부인이 아름다운 보석을 반짝이며 계속해서 미소 짓고 있었다.

"아주 좋은 소식이야." 보론초프는 전령에게서 무슨 소식을 전해들었느냐는 부인의 질문에 이렇게 대답했다. "시몽이 운이 좋았어."

이렇게 말한 후, 그는 테이블에 앉아 있는 모든 사람이 다 들을 수 있는 큰 소리로, 샤밀의 부관 중에서 가장 용맹하기로 소문이 자자한 하지 무라트가 러시아에 투항해 오늘이나 내일쯤 이곳 티플리스로 이송해 올 것이라는 놀라운 소식을 전했다. 물론 오래전부터 하지 무라트와 교섭이 있었기 때문에 보론초프에게는 새로운 소식이 아니었다.

식사를 하던 모든 손님, 심지어 테이블 맨 끝에서 자기들끼리 조용히 웃고 있던 부관들과 장교들까지도 이 소식을 듣고는 입을 다물고 귀를 기울였다.

"장군님, 당신도 하지 무라트를 본 적이 있나요?" 공작이 말을 멈추자, 공작부인은 옆자리에 앉아 있는, 붉은 머리카락에 뻣뻣하게 콧수염이 많이 난 장군에게 물었다.

"여러 번 만나 보았습니다. 공작부인."

장군은 43년에 산악민들이 게르게빌을 점령한 후, 하지 무라트가 파세크 장군의 파견대를 습격해서 그들 눈앞에서 졸로투힌 대령을 어떻게 살해했는지 말해주었다.

보론초프는 장군이 대화에 참여한 것에 만족한다는 듯이 흡족한 미소를 짓고 있었다. 그런데 갑자기 그의 낯빛이 흐려지며 침울하게 변했다.

말이 많아진 장군은 하지 무라트를 두 번째로 만난 전투에 대해 말하기 시작했다.

"각하께서도 기억하시겠지만, 수하리 원정에서 우리 구원대를 공격했던 매복대를 지휘한 자도 바로 하지 무라트였습니다."

"어디서?" 눈을 가늘게 치뜨고는 보론초프가 물었다.

장군이 겁도 없이 보론초프에게 '구원대'를 언급했던 전투는 지원군이 구해 주러 오지 않았더라면 지휘관이었던 보론초프 공작뿐만 아니라 전군이 전멸했을지도 모르는 처참했던 다르고 전투를 말하는 것이었다. 보론초프가 총지휘를 맡았던 다르고 전투는 수많은 부상자와 사상자가 나오고 몇 개의 대포까지도 빼앗긴 치욕스러운 전투로 널리 알려져 있었다. 따라서 보론초프 앞에서 이 전투에 대해 언급할 때면, 마치 보론초프가 황제에게 보고했던 대로, 즉 러시아 군의 빛나는 위업이었다고 말할 수밖에 없었다. 그러나 '구원대'라는 단어에서 알 수 있듯이, 이 전투는 빛나는 위업이 아니라, 수많은 병 사를 잃은 패배한 전투였다. 모두가 이 사실을 알고 있었기 때문에, 어떤 이들은 장군의 말뜻을 모르는 척했고, 다른 이들은 어떤 일이 벌어질지 몰라 조마조마했으며, 몇몇은 시선을 교환하며 웃음 짓고 있었다.

붉은 머리카락에 뻣뻣하게 콧수염이 많이 난 장군만이 아무것도 눈치채지 못하고 보론초프의 질문에 차분히 대답했다.

"구원대가 구조할 때 말입니다, 각하."

자기가 좋아하는 전투 이야기가 나오자, 장군은 "하지 무라트가 교묘한 전략으로 러시아군을 둘로 쪼개버렸기 때문에 구원대가 구 조하러 오지 않았더라면. . . ." 그는 '구원대'라는 말에 특별한 애착 이 있는 것처럼 반복해서 말했다. "러시아 전군이 전멸했을 겁니다. 왜냐하면. . . ."

상황의 심각성을 깨달은 마나나 오르벨랴니 공작부인이 티플리스 에서 지내는 숙소가 안락하냐는 질문으로 장군의 말에 끼어들었기 때문에 그는 끝까지 말할 수 없었다. 깜짝 놀란 장군은 주변 사람들을 쭉 둘러보았고, 테이블 끝에 앉아서 줄곧 의미심장한 시선을 보내고 있는 부관과 눈이 마주치고서야, 퍼뜩 자신이 실수를 범했다는 사실을 깨달았다. 그는 공작부인에게 대답도 하지 않고 얼굴을 찌푸린 채 침묵하더니, 접시에 담겨 있는 요리를 씹지도 않고 허겁지겁 먹기 시작했다. 그는 무슨 요리이고, 어떤 맛인지 알 수조차 없었다.

모두가 이러한 상황에 난처해하고 있을 때, 보론초바 공작부인 맞은편에 앉아 있던 그루지야의 공작이 어색함을 깨뜨려주었다. 그는 매우 어리석지만, 놀랄 정도로 미묘하고 능란한 아첨꾼이었다. 그는 마치 아무것도 눈치채지 못한 것처럼, 하지 무라트가 메흐툴리에 있는 아흐메트 칸의 미망인을 납치했던 사건에 대해 큰 목소리로 말하기 시작했다.

"밤중에 하지 무라트가 마을에 들어가 미망인을 납치해 그의 부하들과 함께 달아났다고 합니다."

"그는 왜 그 미망인을 납치했을까요?" 공작부인이 물었다.

"하지 무라트는 그녀 남편하고 원수지간이어서 그를 계속해서 추적했는데, 그가 죽을 때까지 만날 수 없었다고 합니다. 그래서 그 미망인에게 복수했던 것입니다."

공작부인은 이 이야기를 그루지야의 공작 옆에 앉아 있던 오랜 친구인 슈아죌 백작부인에게 프랑스어로 통역해 주었다.

"정말 끔찍한 이야기예요!" 눈을 감고 머리를 흔들면서 백작부인이 말했다.

"아닙니다." 보론초프는 미소를 지으면 말했다. "하지 무라트는 그녀를 기사도 정신에 따라 대했고, 차후에 풀어 주었다고 들었습니다."

"몸값을 받았기 때문이겠죠."

"물론 받았겠죠. 하지만 그는 정중하게 처신했습니다."

하지 무라트에 대한 공작의 호의적인 말은, 앞으로 하지 무라트와 관련하여 어떻게 말해야 하는지를 결정해 주었다. 궁중 신하들인 이들은 하지 무라트를 더 중요한 인물로 부각할수록, 보론초프가 더 만족해한다는 사실을 간파했다.

"하지 무라트는 대단히 용감한 사람이에요. 정말 놀라운 인물이죠."

"1849년에 테미르 칸 슈라를 습격해서 대낮에 상점을 몽땅 다 약탈했으니까요."

테이블 끝에 앉아 있던 아르메니아인은 그 당시 테미르 칸 슈라에 있었다며, 하지 무라트가 약탈했던 내용을 상세히 이야기해 주었다.

저녁 식사 시간 동안 하지 무라트와 관련된 이야기만 줄곧 쏟아졌다. 모두가 앞다퉈가며 그의 용기와 지혜, 관대함에 대해 칭송했다. 누군가는 하지 무라트가 포로 스물여섯 명을 모두 사살하라는 명령을 내렸다고 말했지만, 이때도 흔한 반박만 있을 뿐이었다.

"그럼 어떻게 해야겠어요! 전쟁은 전쟁이잖아요."

"그는 정말 대단한 사람이에요."

"만약에 그가 유럽에서 태어났다면, 새로운 나폴레옹이 될 수 있었을 거에요." 아첨에 천부적 재질을 갖고 태어난 그루지야의 우매한 공작이 말했다.

그는 나폴레옹에 관한 모든 언급이 나폴레옹에 대한 승리의 대가로 받은 하얀 십자훈장을 목에 걸고 있는 보론초프 공작에게 즐거움을 주리라는 것을 알고 있었다.

"글쎄, 나폴레옹까지는 아니더라도 늠름한 기병대 장군은 됐겠지. 아마 그랬을거야." 보론초프가 말했다.

"나폴레옹이 아니라면, 뮈라[49]쯤은 되었을 겁니다."

"그러고 보니, 그의 이름도 하지 무라트네요."

"하지 무라트가 이쪽으로 넘어왔으니, 이제 샤밀도 끝났네요." 누군가가 말했다.

"그들도 이번만큼은 (여기서 이번이라는 말은 보론초프가 공세를 취한다면이라는 뜻이다.) 더 이상 버티지 못할 것이라고 느끼고 있을 것입니다"라고 다른 누군가가 말했다.

"이 모든 것이 당신 덕분이에요." 마나나 오르벨랴니가 말했다.

보론초프 공작은 감당하지 못할 정도로 쏟아지는 아첨의 물결을 가라앉히려 애썼다. 하지만 아첨으로 흐뭇해진 그는 최상의 기분으로 부인들을 객실로 안내했다.

식사를 끝낸 뒤, 객실로 커피가 나왔을 때, 공작은 이날 따라 특별

---

49) 뮈라(Joachim Murat, 1767-1815)는 나폴레옹의 핵심 참모로 기병대장으로 근무했다.

히 모든 이들에게 다정했고, 붉은 머리카락에 뻣뻣하게 콧수염이 많이 난 장군에게도 다가가 그의 어색함을 전혀 눈치채지 못한 것처럼 보이려 노력했다.

공작은 손님들을 둘러본 후, 카드 게임을 하는 테이블로 가 앉았다. 그는 오래전 유행했던 롬베르라는 카드 게임만을 즐겼다. 공작의 파트너는 그루지아의 공작, 공작의 시종에게서 롬베르 게임을 배운 아르메니아 출신의 장군, 그리고 영향력이 있기로 소문난 안드레예프스키 의사였다.

보론초프는 알렉산드르 1세의 초상이 그려진 금제 코 담뱃갑을 옆에 놓고, 윤이 나도록 반짝이는 카드갑을 뜯어 카드를 나누어주려 할 때, 조바니라는 이탈리아 출신의 시종이 은쟁반 위에 편지를 가져 왔다.

"급사가 또 왔습니다. 각하."

보론초프는 카드를 내려놓고 손님들에게 실례를 구한 뒤 편지를 뜯고 읽기 시작했다.

편지는 아들에게서 온 것이었다. 아들은 하지 무라트가 투항한 사실과 멜레르-자코멜스키와 충돌한 사건에 관해 기술하였다.

공작부인이 다가와, 아들이 뭐라고 썼는지 물어보았다.

"역시 그 일이야. *사령관하고 좀 문제가 있었던 모양이야. 시몽이 잘못했어. 하지만 끝이 좋으면 다 좋은 법이지.*" 이렇게 말하며, 그는 아내에게 편지를 건네주었다. 그리고 공손하게 기다려 주었던 게임 파트너들을 돌아보며 카드를 뽑으라고 말했다.

첫판이 끝났을 때, 보론초프는 코 담뱃갑을 열고 그가 특별히 기분 좋을 때 하는 행동을 했다. 그는 주름진 하얀 손으로 프랑스산 코담배를 한 움큼 집어서 코로 가져가 들이마셨다.

10

다음 날 하지 무라트가 보론초프 저택에 도착했을 때, 공작의 응접실은 사람들로 가득 차 있었다. 어제 방문했던 콧수염이 뻣뻣하게 많이 난 장군은 완벽히 갖춰 입은 제복 위에 훈장을 달고 떠나기 전에 인사를 드리러 왔다. 병참부서의 공금을 횡령한 혐의로 군법정에 출두해야 하는 연대장도 있었고, 안드레예프스키 박사의 지원으로 보드카 전매권을 장악하고 그 계약을 갱신하려는 아르메니아 부호도 있었다. 또한, 연금지급이나 아이들의 교육비 문제를 부탁하려고 방문한 검은 상복을 입은 장교 미망인도 있었고, 몰수된 교회 땅을 사들이려는 화려한 그루지야 의상을 입은 몰락한 그루지야 공작도 있었다. 그리고 캅카스를 정복하기 위한 관한 새로운 작전 계획이 든 커다란 서류 뭉치를 가져온 지방경찰서장도 있었고, 공작의 저택을 방문했다는 사실 그 자체만이라도 집에 돌아가면 자랑거리가 된다고 생각하는 칸도 있었다.

모두 자기 차례가 오기를 기다렸다가, 아름다운 금발을 기른 잘생긴 청년 부관의 안내를 받으며 한 사람씩 차례로 공작의 집무실로 들어갔다.

이때 하지 무라트가 약간 다리를 절면서 당당한 걸음으로 응접실에 들어오자 모든 시선이 그를 향했다. 하지 무라트는 이곳저곳에서 자신의 이름을 귓속말로 수군거리는 소리를 들었다. 그는 옷깃에 가느다란 은줄이 달린 갈색 베시매트를 입었고 그 위에 긴 흰색 체르케스카를 걸치고 있었다. 다리에는 검은색 각반을 차고 있었으며, 발에는 장갑처럼 딱 맞는 가죽신을 신었다. 면도한 머리에는 터번을 두른 파파하를 썼는데, 이 터번 때문에 아흐메트 칸으로부터 중상모략을 당해 클류게나우 장군[50]에게 체포되었고, 또한 이 터번 때문에 샤밀 쪽으로 넘어 가기도 했다. 하지 무라트는 날씬한 몸 전체를 좌우로 흔들고, 한쪽 다리보다 짧은 다른 쪽 다리를 가볍게 절뚝거리면서 쪽모이 세공으로 깐 마룻바닥을 성큼성큼 걸어갔다. 눈 사이가 넓은 두 눈은 침착하게 앞을 주시했는데, 아무도 쳐다보지 않은 듯했다.

잘생긴 부관이 하지 무라트에게 인사를 한 후, 공작에게 그가 도착했다는 사실을 보고하는 동안 앉아서 기다려 달라고 말했다. 그러나 하지 무라트는 앉기를 거절하고, 단검에 손을 얹고 한 발을 뒤로 뺀 자세로 서서 그 자리에 있는 사람들을 경멸스럽게 바라보았다.

---

50) 클류게나우(Franz Karlovich Klugenau, 1791-1851)는 다게스탄 북부의 러시아군 사령관이었다. 톨스토이는 하지 무라트와 클류게나우 사이의 서신을 작품에 활용하였다.

통역을 맡은 타르하노프 공작이 하지 무라트 곁으로 다가와 말을 걸었다. 하지 무라트는 마지못해서 퉁명스럽게 대답했다. 경찰서장에 대한 불만을 털어놓으려고 방문한 쿠미크족 공작이 집무실에서 나오자, 부관이 하지 무라트를 불러 집무실 문까지 안내하고 그를 안으로 들여보냈다.

보론초프는 책상 모서리에 서서 하지 무라트를 맞았다. 총사령관의 늙고 하얀 얼굴에는 지난밤 가득했던 웃음은 온데간데없고 엄격하고 엄숙한 표정만이 서려 있었다.

녹색 커튼이 달린 커다란 창문과 거대한 책상이 있는 넓은 방에 들어온 하지 무라트는, 햇볕에 그을린 작은 손을 흰색 체르케스카 깃 모서리와 맞닿은 가슴에 얹고, 눈을 내리뜬 채로 서두르지 않고 분명하고 정중하게 말했다.

"저는 위대한 황제와 당신의 커다란 보호에 제 한 몸을 바치겠습니다. 마지막 피 한 방울까지도 하얀 황제를 위해 바칠 것을 충심으로 맹세하며, 나의 적이자 당신의 적인 샤밀과의 전투에서 필요한 존재가 되기를 희망합니다."

통역의 말을 듣고 보론초프는 하지 무라트를 쳐다보았고, 하지 무라트 역시 보론초프의 얼굴을 바라보았다.

시선이 마주치자, 두 사람의 눈은 말로 표현할 수 없는 것을 서로에게 말하였는데, 이는 통역관이 말했던 것과는 전혀 다른 것이었다. 그들은 말없이 서로에 대해 직설적으로 솔직하게 말했다. 보론초프의 시선은 하지 무라트가 말한 단 한마디의 말도 믿지 않고 있다는 것과 너는 러시아 전체의 적으로 영원히 남을 것이며, 너가 어쩔 수 없이 투항한 것을 잘 알고 있다고 말하고 있었다. 하지 무라트도 보론초프의 속내를 알고 있지만, 그럼에도 불구하고 여전히 황제에 대해 충성을 맹세할 것이라 말했다. 하지 무라트의 눈은 이 노인은 전쟁이 아니라 죽음을 생각해야 할 나이라는 것과 비록 늙었지만 교활하니 조심해야겠다고 말하고 있었다. 보론초프의 시선도 하지 무라트가 무엇을 말하는지 알고 있지만, 전쟁의 승리를 위해 그가 필요하다는 것을 말하고 있었다.

"그에게 이렇게 전하게." 보론초프 공작은 통역관에게 말했다. (그는 젊은 장교에게 격식 없이 말했다.) "우리 황제께서는 강인하심과 동시에 자비로우셔서 아마도 나의 청원을 받아들이셔서 그를 용서하고 군복무를 허용하실 거라고 통역하게. 그리 전했나?" 그는 하지 무라트를 보면서 통역관에게 물었다. "나의 황제께서 자비로운 결정을 내리기 전까지 내가 그를 받아들여 함께 잘 지내게 될 거라고 통역하게."

하지 무라트는 다시 한번 가슴 한가운데 두 손을 올리고 활기찬 목소리로 말하기 시작했다.

통역관이 전한 말에 의하면, 1839년 아바르를 통치할 때도 그는 러시아에 충성했고, 그의 원수인 아흐메트 칸이 그를 파멸시키기 위해 클류게나우 장군에게 자신을 중상모략만 하지 않았더라면 결단

코 러시아를 배신하지 않았을 것이라 말했다.

"알고 있네, 알고 있어." 보론초프는 말했다. (알고 있었다고 해도 이미 오래전에 잊고 있었던 일이다.) "알고 있어." 공작은 앉으면서 하지 무라트에게도 벽 옆에 놓인 의자를 가리켰다. 하지만 하지 무라트는 고관 앞에서 감히 앉을 수는 없다는 듯이 그의 건장한 어깨를 으쓱해 보이고는 앉지 않았다.

"아흐메트 칸과 샤밀은 모두 나의 적입니다." 그는 통역관을 쳐다보며 말을 이었다. "공작에게 전하세요. 아흐메크 칸은 죽었으니, 그에게 복수할 수는 없지만, 샤밀은 여전히 살아 있으니 내가 살아 있는 한 반드시 그에게 복수할 것이라고요." 그는 미간을 찌푸리며 이를 악물고 말했다.

"그래. 그래." 보론초프는 침착하게 말했다. "그런데 어떻게 샤밀에게 복수한다는 거지?" 그는 통역관에게 말했다. "그리고 앉아도 된다고 전하게."

하지 무라트는 이번에도 앉길 사양하며, 통역관의 질문에 대해 그가 러시아에 투항한 이유는 러시아를 도와 샤밀을 파멸시키기 위해서라고 대답했다.

"좋아, 좋아." 보론초프는 말했다. "그럼 정확하게 무엇을 하길 원하는가? 좀 앉게나, 앉아. . . ."

하지 무라트는 자리에 앉았다. 그리고 만일 지원해 준 군대와 함께 자신을 레즈긴 전선으로 보내 준다면 장담컨대 다게스탄 전체가 들고일어날 수 있도록 할 것이며, 그렇게 된다면 샤밀도 더는 버터지 못할 것이라고 말했다.

"좋은 생각이야. 가능한 일이겠는걸." 보론초프는 말했다. "나도 한번 생각해 보겠네."

통역관이 보론초프의 말을 하지 무라트에게 전했다. 하지 무라트는 생각에 잠겼다.

"총사령관에게 전해 주십시오." 그는 말을 이었다. "지금 내 가족은 적의 수중에 있습니다. 따라서 내 가족이 산속에 있는 한 내 수족이 묶여 있는 것이나 매한가지여서 사령관을 도와드릴 수가 없습니다. 내가 직접 샤밀과 맞선다면, 그는 내 아내와 어머니 그리고 나의 아이들을 모두 죽일 것입니다. 공작만이 내 가족을 구할 수 있습니다. 내 가족과 적군 포로를 교환해 주시기만 한다면, 제가 죽든 샤밀을 죽이든 하겠습니다."

"좋아, 좋아." 보론초프는 말했다. "그 문제에 대해서 다시 생각하도록 하겠네. 그럼 이제 참모부로 데려가서 그의 입장과 계획, 그리고 희망을 참모부에 상세하게 진술하도록 하게."

하지 무라트와 보론초프의 첫 만남은 이렇게 끝났다.

같은 날 저녁, 동양적인 스타일로 단장하고 새롭게 문을 연 극장에서 이탈리아 오페라가 상연되었다. 보론초프는 자신의 박스석에 자리 잡았고, 발코니 아래층 좌석에 터번을 두르고 다리를 절룩거리는 하지 무라트가 눈에 띄는 모습으로 나타났다. 그는 자신을 수행하는 보론초프의 부관 로리스-멜리코프[51]와 함께 극장에 들어서서는 맨 앞줄에 가서 앉았다. 그는 동방의 이슬람교다운 위엄을 지닌 채, 놀라기는커녕 무관심한 태도로 1막을 끝까지 관람한 후 자리에서 일어나 모든 이의 시선을 집중시키며 조용히 관객들을 둘러보고는 밖으로 나가 버렸다.

다음 날인 월요일에는 관례대로 보론초프 저택에서 야회가 열렸다. 넓고 밝게 빛나는 홀에서는 보이지 않는 겨울 정원에 숨어서 오케스트라가 연주했다. 젊은 여성들과 그렇게 젊지 않은 여성들이 목과 팔 그리고 가슴선을 드러낸 드레스를 입고 화려한 제복 차림의 남자들 품에서 원을 그리고 돌고 있었다. 빨간색 연미복에 스타킹과 신발을 신은 시종들이 과자가 산더미처럼 쌓여 있는 테이블 옆에서 샴페인을 따라 주기도 하고 숙녀들에게 다과를 권하기도 했다. 사르다르[52]의 아내도 젊지는 않았지만, 노출이 심한 드레스를 입고 상냥한 미소를 지으며 손님들 사이를 누비고 다녔다. 그녀는 어제 극장에서처럼 무관심한 표정으로 손님들을 쳐다보고 있던 하지 무라트에게 정감 있는 몇 마디 말을 통역관을 통해 건넸다. 여주인에 이어서, 마찬가지로 거의 벌거벗은 듯한 차림의 여인들이 하지 무라트에게 다가와 부끄러움도 없이 그의 앞에 서는, 그가 보고 있는 것이 만족스

---

51) 로리스 멜리코프(Mikhail Tarielovich Loris-Melikov, 1825-1888)는 정치가로 후에 내무부 장관이 된다.
52) 러시아 황제가 임명한 캅카스 총사령관.

러운지에 대해 모두 다 똑같은 질문을 해댔다. 금빛 어깨 견장과 금색 술을 드리우고 하얀색 십자훈장을 목에 건 보론초프도 그에게 다가와 같은 질문을 했는데, 그는 질문했던 다른 사람들과 마찬가지로 하지 무라트가 지금 보고 있는 모든 것에 대해 만족스러워할 것이라고 확신하고 있었다. 하지 무라트는 다른 사람들에게 대답했던 것과 마찬가지로 자기들 문화에는 이런 것이 없다고 했을 뿐, 없는 것이 좋다거나 나쁘다고 말한 적은 없다고 말했다.

하지 무라트는 이곳 야회 무도회장에서조차 가족의 몸값과 관련하여 보론초프와 이야기하려고 했지만, 보론초프는 그의 말을 못 들은 척하며 지나쳐 버렸다. 로리스-멜리코프는 나중에 이런 자리에서 공적인 문제를 언급해서는 안 된다고 하지 무라트에게 말해 주었다.

시계가 열 한시임을 알리자, 하지 무라트는 마리야 바실리예브나가 선물로 준 회중시계를 꺼내 시간을 확인한 후, 로리스-멜리코프에게 돌아가도 되는지 물었다. 로리스-멜리코프는 돌아가도 상관없지만, 될 수 있으면 남아 있는 것이 더 좋을 것이라고 대답했다. 하지만 하지 무라트는 야회에 더 이상 머무르지 않고 자유롭게 사용하라고 제공된 파에톤[53]을 타고 숙소로 돌아갔다.

---

53) 지붕을 덮지 않는 2인승 마차

11

하지 무라트가 티플리스에 온 지 닷새째 되는 날, 총사령관의 부관인 로리스-멜리코프가 총사령관의 명령을 받고 그를 찾아왔다.

"내 머리와 내 손이 총사령관을 위해 봉사하는 것을 기쁘게 생각하고 있습니다." 하지 무라트는 그가 외교적 표현으로 주로 사용하는 자세인, 머리를 숙이고 손을 가슴에 얹은 채로 말했다. "명령을 내려 주십시오." 그는 로리스-멜리코프의 눈을 정감있게 바라보며 말했다.

로리스-멜리코프는 테이블 옆에 있는 안락의자에 앉았다. 하지 무라트는 그의 맞은편 의자에 앉아 무릎에 팔꿈치를 괴고 고개를 숙인 채 로리스-멜리코프가 하는 말을 주의하여 들었다. 타타르어를 유창하게 하는 로리스-멜리코프는 보론초프 공작이 하지 무라트의 과거를 알고 있지만, 그의 과거사 전부를 직접 듣고 싶어 한다고 말했다.

"내게 말해 주십시오." 로리스-멜리코프가 말했다. "그러면 내가 일단 받아 적어서 나중에 러시아어로 번역하겠습니다. 공작은 그걸 황제께 보낼 것입니다."

하지 무라트는 잠시 침묵했다가, (그는 다른 사람의 말을 중간에 끊지 않을뿐더러 대화 상대방이 더하고 싶은 말이 있는지 끝까지 기다려 주었다.) 고개를 들어 파파하를 흔들어 뒤로 떨어뜨리고는 마리야 바실리예브나의 마음을 사로잡았던 아이 같은 미소를 지었다.

"그렇게 하죠." 그는 자신의 이야기가 황제에게 전해진다는 생각에 만족해서 대답했다.

"그럼 말하십시오." 로리스-멜리코프는 평어체로 말했다. (타타르어에는 존칭이 없다.) "천천히 처음부터 말해 주십시오." 그는 주머니에서 수첩을 꺼냈다.

"그렇게 하죠. 정말 할 말이 너무나도 많습니다. 정말 많은 일이 있었으니까요." 하지 무라트가 말했다.

"하루에 끝나지 않으면 다음 날에 또 말씀해 주시면 됩니다." 로리스-멜리코프가 말했다.

"처음부터 이야기하면 되죠?"

"네, 처음부터 이야기해 주십시오. 어디서 태어났고, 어디서 살았는지부터요."

하지 무라트는 고개를 숙이고 한참 동안 그대로 앉아 있었다. 그러다가 소파 옆에 있던 작은 막대기를 집어 들고, 금을 박아 장식한 상아 칼자루에 매우 예리한 강철 칼날이 꽂혀 있는 단검을 칼집에서 빼 막대기를 깎으면서 이야기하기 시작했다.

"말할 테니 받아 적으십시오. 저는 산악민의 표현을 빌리자면, 나귀 머리 크기만 한 작은 아울인 쳴메스에서 태어났습니다." 그는 말하기 시작했다. "우리 아울에서 그리 멀지 않은 곳에, 대략 포탄 두 개 정도 날아갈 거리쯤에 칸들이 사는 훈자흐가 있었습니다. 우리 가족은 그들과 가깝게 지냈습니다. 어머니는 칸의 장남인 아부눈찰 칸의 유모였고, 그런 인연으로 칸들과 친해졌습니다. 칸에게는 3명의 아들이 있었습니다. 나의 형 오스만과 한 젖을 먹고 자란 아부눈찰 칸, 저와 의형제를 맺은 움마 칸, 그리고 막내인 불라치 칸 이렇게 세 명이었는데, 막내는 샤밀이 절벽에서 떨어뜨려 죽었습니다. 그건 나중에 있었던 일이긴 합니다. 내가 열 다섯 살쯤 됐을 때, 뮤리트들이 아울을 배회하기 시작했습니다. 그들은 나무로 만든 칼로 돌을 내리치면서 '이슬람교도들이여, 성전을!' 하고 소리쳤습니다. 모든 체첸인들이 뮤리트 편에 섰고, 아르바인도 전향하기 시작했습니다. 그때 저는 칸의 저택에서 살고 있었습니다. 저는 칸들과 형제나 다름없었기 때문에 원하는 것을 다 누리며 풍족하게 지냈습니다. 나는 말과 무기, 돈도 있었습니다. 저는 아무런 근심 걱정 없이 행복하게 지냈습니다. 이 생활은 카지-물라가 사망하고 감자트[54]가 그 자리를 차지할 때까지 지속되었습니다. 감자트는 칸들에게 특사를 보내 성전에 참

---

54) 카지-물라(Kazi-Mullah, 1794-1832)는 다게스탄과 체첸의 첫 번째 이맘으로 러시아에 대항하여 성전을 일으켰다. 그는 전투에서 사망하였으며, 그를 이어 감자트(Hamzat, 1797-1834)가 이맘이 되었으며, 뒤이어 샤밀이 이맘이 되었다.

전하지 않으면 훈자흐를 멸망시켜 버리겠다고 협박했습니다. 이러한 상황에 대해 우리는 고민해야 했습니다. 칸들은 러시아를 두려워하여 성전에 참여하길 주저했습니다. 그래서 칸의 아내는 둘째 아들인 움마 칸과 저를 티플리스로 보내 감자트를 물리쳐달라고 러시아 총사령관에게 도움을 청했습니다. 그 당시 로젠 남작이 총사령관이었습니다. 그는 나와 움마 칸 그 어느 사람도 만나주지 않았습니다. 그는 도와주겠다는 말만 사람을 통해 전했을 뿐, 실제로 아무것도 하지 않았습니다. 그의 부하 장교들만이 찾아와 카드놀이를 했을 뿐입니다. 그들은 움마 칸에게 술을 권하고 나쁜 곳으로 데리고 다녔으며, 도박으로 돈을 모두 탕진하게 했습니다. 움마 칸은 황소처럼 힘이 장사였고, 사자처럼 용맹했지만, 영혼만큼은 물처럼 연약했습니다. 제가 그를 끌어내지 않았더라면, 그의 마지막 남은 재산인 말과 무기까지 모두 날렸을 것입니다. 티플리스에 갔다 온 후 저는 생각을 바꿔 성전에 참가하자고 칸의 아내와 젊은 칸들을 설득하기 시작했습니다."

"왜 생각이 달라졌습니까?" 로리스-멜리코프가 물었다. "러시아인이 마음에 들지 않았습니까?"

하지 무라트는 잠시 침묵했다.

"네, 제 마음에 들지 않았습니다." 그는 단호하게 말하고 눈을 감았다. "그리고 성전에 참여하게 된 계기가 되는 또 하나의 사건이 있었습니다."

"그것이 무엇입니까?"

"첼메스 근교에서 칸과 나는 세 명의 뮤리트를 마주친 적이 있었습니다. 두 명은 도망을 쳤는데, 한 명은 권총으로 제가 죽였습니다. 제가 그의 무기를 거두려고 다가가 보니 그는 아직 숨이 붙어 있었습니다. 그가 저를 쳐다보며, '비록 네 손에 죽지만, 그래도 난 행복하다. 너는 이슬람교도이고, 젊고 강인하니까 성전에 참가해라, 이건 신의 명령이다.' 이렇게 말했습니다."

"그래서, 성전에 참전했습니까?"

"참전하지는 않았지만, 이 사건을 계기로 성전에 대해 생각하기 시작했습니다." 하지 무라트는 자신의 이야기를 다시 말하기 시작했다. "감자트가 훈자흐에 다가오자, 우리는 마을의 원로들을 보내 성전에 참전할 준비가 되어 있는데, 어떻게 참전해야 하는지를 설명해 줄 학자를 보내 달라고 요구했습니다. 그러자 감자트는 원로들의 콧수염을 자르고 코에 구멍을 뚫어 레표시카[55]를 매달아 돌려보냈습니다. 원로들 말에 의하면, 감자트는 성전을 가르치기 위해 지도자를 보낼 의향이 있지만, 그에 앞서 칸의 아내가 막내 아들을 인질로 보내야 한다고 했습니다. 칸의 아내는 감자트를 믿고 불라치 칸을 그에게 보냈습니다. 감자트는 불라치 칸을 융숭하게 대접해 주더니 사자를 보내 남은 형제들도 보낼 것을 요구했습니다. 그는 사신을 통해 그의 아

---

55) 납작하고 둥근 빵.

버지가 그들의 아버지를 위해 봉사했던 것처럼 자신도 칸들에게 봉사하고 싶다고 말했습니다. 칸의 아내는 자기 멋대로 살아가는 모든 여편네처럼 나약하고 멍청하며 뻔뻔한 여자였습니다. 그녀는 아들 두 명을 모두 보내기가 두려워서, 움마 칸만 보냈습니다. 그래서 제가 따라갔습니다. 뮤리트들이 1베르스타 앞까지 마중 나와 노래를 부르고 축포를 쏘면서 우리 주위에서 기마곡예를 펼쳤습니다. 우리가 그곳에 도착하자 감자트가 천막에서 나와 움마 칸의 말등자로 다가와 그를 칸처럼 예우하며 맞이했습니다. 그는 다음과 같이 말했습니다. '나는 지금까지 당신 가문에 그 어떤 해도 끼치지 않았고, 또 그러고 싶지도 않습니다. 그러니 나를 죽이려 하지 말고 사람들을 성전에 참여케 하는 것도 방해하지 마십시오. 그러면 나의 아버지가 당신 아버지께 충성을 다했듯이 나 또한 내 전군을 이끌고 당신에게 충성을 다하겠습니다. 그러니 부디 나를 당신 집에서 살게 해 주십시오. 나는 당신께 조언해 줄 수 있으며, 당신은 하고 싶은 것을 하면 됩니다.' 움마 칸은 말주변이 없었습니다. 그는 무슨 말을 해야 할지 몰라 침묵했습니다. 그래서 제가 나서서, '만일 그렇다면 감자트가 훈자흐에 오는 것도 좋습니다'라고 말했습니다. 칸과 칸의 아내 모두 환대해 줄 것입니다. 그러나 그들은 내 말을 중간에 막았습니다. 이때 나는 처음으로 샤밀과 충돌했습니다. 샤밀은 그때 이맘[56] 바로 옆에 있

---

56) 이슬람교 교단 조직의 지도자.

었습니다. '네게 묻는 것이 아니라 칸에게 묻는 거야.' 그는 이렇게 말했습니다. 나는 입을 다물었고 감자트는 움마 칸을 천막 안으로 데리고 들어갔습니다. 그런 다음 감자트는 나를 불러 자신의 사절단과 함께 훈자흐로 돌아가라고 명령했습니다. 나는 출발했습니다. 훈자흐로 돌아오자 감자트의 사절단은 큰아들도 감자트에게 보내라고 칸의 아내를 설득하기 시작했습니다. 나는 함정이라 생각했기 때문에 칸의 아내에게 큰아들을 보내선 안 된다고 말했습니다. 그러나 달걀에 털이 없는 것처럼 여자의 머리에는 지혜가 없었습니다. 칸의 아내는 사절단의 말을 믿었고 큰아들에게 떠나라고 말했습니다. 그러나 아부눈찰은 거부했습니다. 그러자 칸의 아내가 말했습니다. '아마도 겁이 나는가 보구나.' 그녀는 벌처럼 어디를 쏘아야 가장 고통스러운지를 잘 알고 있었던 겁니다. 아부눈찰은 화가 나서는 어머니에게 단 한마디도 하지 않고 말에 안장을 얹으라고 명령했습니다. 나는 그와 동행했습니다. 감자트는 움마 칸보다 우리를 더 극진하게 맞이했습니다. 그는 포탄 두 개 정도 날아갈 거리쯤 되는 산 아래까지 직접 마중을 나왔습니다. 그의 뒤를 쫓아 손에 깃발을 든 기마병들이 〈라 일라하 일 알라〉 노래를 부르고 축포를 쏘며 기마곡예를 펼치기도 했습니다. 우리가 야영지에 도착하자 감자트는 아부눈찰을 천막으로 데리고 갔습니다. 나는 말과 함께 있었습니다. 내가 산 아래에 있을 때 감자트의 천막에서 총소리가 들리기 시작했습니다. 나는 천막으로 내달렸습니다. 움마 칸은 이미 피가 흥건한 바닥에 쓰러져 있었고 아부눈찰은 뮤리트들과 싸우고 있었습니다. 그의 얼굴은 반쯤 잘려서 너덜거린 채 달려 있었습니다. 그는 한 손으로는 얼굴 반쪽을 누르고 다른 한 손으로는 단검을 휘두르며 달려드는 자들을 모두 베어버리고 있었습니다. 내 앞에서 그는 감자트의 동생을 베어버리고 다른 한 명의 적을 향해 단검을 휘두르려 했지만, 뮤리트들이 쏜 총을 맞고 쓰러지고 말았습니다."

하지 무라트는 말을 멈추었다. 햇볕에 그을린 얼굴이 적갈색으로 달아올랐고, 두 눈에는 핏발이 섰다.

"나는 겁이 나서 도망치고 말았습니다."

"정말입니까?" 로리스-멜리코프가 말했다. "당신에게 두려운 것은 없는 것으로 알고 있었는데요."

"그 사건 이후로는 그랬지요. 그날 이후로 나는 언제나 그날의 수치를 떠올리게 되었고, 그 일을 떠올리면 그 어떤 것도 두렵지 않게 되었습니다."

12

"여기까지만 하겠습니다. 기도를 드려야 할 시간입니다." 하지 무라트는 이렇게 말하고, 체르케스카 속주머니에서 보론초프가 선물로 준 브레게를 꺼내 용수철을 조심스럽게 누른 후 머리를 한쪽으로 기울이고는 어린아이 같은 미소를 지으며 시계 소리에 귀를 기울였다. 시계는 12시 15분을 쳤다.

"쿠나크 보론초프의 페시케시[57]입니다." 그는 웃으며 말했다. "좋은 사람입니다."

"그럼요, 좋은 사람이지요." 로리스-멜리코프가 말했다. "시계도 좋은 거네요. 그럼 가셔서 기도하세요, 저는 기다리겠습니다."

"야크시(좋습니다), 그렇게 하지요." 하지 무라트는 말하고 침실로 갔다.

혼자 남게 되자 로리스-멜리코프는 하지 무라트가 들려준 이야기

---

57) 선물.

중에서 핵심만 수첩에 적은 후, 담배를 피우며 방안을 서성거리기 시작했다. 침실 반대편에 있는 문에 다가가자 로리스-멜리코프는 타타르어로 뭔가를 재빠르게 이야기하는 활기찬 목소리를 들었다. 그는 그 소리가 하지 무라트의 뮤리트들임을 깨닫고 문을 열어 안으로 들어갔다.

방안에서는 일반적으로 산악민에게서 나는 시큼한 가죽 냄새가 났다. 기름때가 묻은 누더기 같은 베시메트를 입은 붉은 머리의 애꾸눈 감잘로는 창가 바닥에 부르카를 깔고 앉아 굴레를 땋고 있었다. 그는 쉰 목소리로 뭔가를 열을 올리며 떠들다가 로리스-멜리코프가 들어오자 입을 다물어버리더니 그에게 눈길 한번 주지 않고 하던 일을 계속했다. 쾌활한 성격의 마고마 칸은 그의 맞은편에 서서, 흰 이를 드러낸 채 속눈썹이 없는 검은 눈을 번뜩이며 똑같은 말을 반복하고 있었다. 잘생긴 옐다르는 근육질 팔 위로 소매를 걷어붙이고는 벽의 못에 걸어놓은 안장 띠를 닦고 있었다. 가장 중요한 일꾼이자 재정을 담당하고 있는 하네피는 방에 없었다. 그는 부엌에서 저녁을 준비하고 있었다.

"무슨 논쟁이라도 있었나?" 인사를 건넨 후 로리스-멜리코프는 마고마 칸에게 물었다.

"이 사람은 줄곧 샤밀을 칭송합니다." 마고마 칸은 로리스에게 악수를 건네면서 말했다. "그는 샤밀이 위대한 사람이라고 합니다. 학자이자, 성자이자, 지기트라고 합니다."

"그런데 샤밀을 떠난 마당에 어떻게 줄곧 그를 칭송할 수 있지?"

"그를 떠나놓고는 칭송한단 말이야." 이를 드러내고 눈을 번뜩이면서 마고마 칸은 말했다.

"정말 그를 성자라고 생각하니?" 로리스-멜리코프가 물었다.

"그가 성자가 아니라면, 사람들이 그의 말을 듣지 않겠지" 감잘로가 말했다.

"성자는 샤밀이 아니라 만수르[58]야." 마고마 칸이 말했다. "그가 진짜 성자였어. 그가 이맘이었을 때는 사람들도 지금과는 달랐어. 그가 아울을 돌아다니면 사람들은 그에게 다가와 그의 체르케스 옷자락에 입을 맞췄고, 자신의 죄를 회개하고 악을 저지르지 않기로 맹세했지. 노인들의 말에 따르면, 과거에는 모두가 성자처럼 살아서 담배도 안 피우고 술도 안 마시고 기도도 빠짐없이 하고, 서로의 죄에 대해 용서하고, 심지어 살인까지도 용서했대. 또한 그때에는 돈이나 물건을 길거리에서 주우면, 장대에 그걸 묶어서 길거리에 세워두었대. 그때에는 신도 사람들에게 모든 일에 성공을 주셨대. 지금과는 달랐어." 마고마 칸이 말했다.

"지금도 산에서 술을 마시거나 담배를 피우지 않아." 감잘로가 말했다.

---

58) 만수르(Elisha Mansur Ushurma, 1732-1754)는 러시아에 대항하는 성전에서 캅카스에 있는 이슬람교도들의 통합을 강조하였다. 그는 아나파 전투에서 패배한 후 페테르부르크로 압송되어 종신형에 처했다.

"너의 샤밀은 라모로이야!" 로리스-멜리코프에게 눈을 찡긋하며 마고마 칸이 말했다.

'라모로이'는 산악민을 경멸하는 뜻이 담긴 호칭이었다.

"라모로이는 산악민이야. 독수리가 사는 곳도 산이고." 감잘로가 말했다.

"아주 훌륭해! 멋지게 한 방 먹었군." 마고마 칸은 상대방의 재치 있는 답변에 즐거웠는지 흰 이를 드러내며 말했다.

그는 로리스-멜리코프의 손에 있는 은제 담뱃갑을 보고 담배 한 대를 부탁했다. 로리스-멜리코프가 담배는 금지되어 있지 않냐고 묻자, 한쪽 눈을 찡긋하고는 하지 무라트가 있는 침실을 고갯짓으로 가리키며, 아무도 보지 않을 때는 펴도 된다고 말했다. 그는 바로 담배를 피웠는데, 담배를 깊이 들이마시지 않았고, 연기를 내뿜을 때도 붉은 입술이 이상하게 오므려졌다.

"좋은 행동이 아니야." 감잘로는 엄격하게 말하고는 방에서 나갔다. 마고마 칸은 그에게 눈을 찡긋하고는 담배를 피우면서 비단 베시메트와 흰색 파파하를 어디서 사는 게 좋은지 로리스-멜리코프에게 물었다.

"그걸 살만큼 돈은 충분히 있고?"

"충분해요." 눈을 찡긋거리며 마고마 칸이 대답했다.

"어디서 돈이 났는지 그에게 물어봐 주세요." 옐다르는 미소를 띤 아름다운 얼굴을 로리스 쪽으로 돌리며 말했다.

"도박에서 이겨서 땄습니다." 마고마 칸은 어제 티플리스의 거리를 돌아다니다가 오를란카[59]를 하는 러시아 잡역병들과 아르메니아인들을 만났다고 재빨리 말했다. 도박판이 커서 금화 세 닢과 많은 은화가 바닥에 쌓여있었다. 마고마 칸은 금세 게임의 요령을 파악하고는 주머니에 든 동전을 짤랑거리며 판이 벌어지고 있는 곳을 헤집고 들어가 가진 돈 모두를 몽땅 걸겠다고 말했다.

"어떻게 그렇게 할 수 있었지? 돈이 있기는 했어?" 로리스-멜리코프가 물었다.

"내가 가진 것은 전부 합해 12코페이카 밖에 없었습니다." 이를 드러내고 웃으며 마고마 칸이 말했다.

"근데 만일 지면 어떻게 하려고 그랬나?"

"그럼 이거죠."

마고마 칸은 권총을 가리키며 말했다.

"뭐라고, 그럼 권총을 넘겨줄 생각이었어?"

"아뇨, 왜 이걸 주나요? 나는 줄행랑을 쳤을 것이고, 나를 붙잡으려고 하는 놈이 있었다면 쏴 죽였을 겁니다. 맘먹고 있었습니다."

"그럼 이겼단 말이지?"

"물론이죠. 모두 싹 쓸어 담아서 왔죠."

로리스-멜리코프는 마고마 칸과 옐다르를 속속들이 파악하고 있

---

59) 동전을 던져 앞면과 뒷면을 맞추는 도박 게임.

었다. 마고마 칸은 잉여로 주어진 삶을 무엇을 하며 지내야 할지 모른 채 흥청거리며 술 마시기를 좋아하는 사람이었다. 그는 항상 명랑하고 경박했으며, 자기 목숨뿐만 아니라 타인의 목숨까지도 가볍게 여겼으며, 이번에도 사람의 목숨을 걸고 한 도박 때문에 러시아군으로 넘어오게 되었고, 내일이라도 또다시 이런 도박 때문에 샤밀 쪽으로 넘어갈 수 있는 인물이었다. 옐다르에 대해서도 또한 모두 파악할 수 있었는데, 그는 뮤리시트에게 진심으로 충성을 다하는 침착하고 강인하며 빈틈이 없는 인물이었다. 단 한 명 로리스-멜리코프가 파악할 수 없는 인물은 붉은 머리카락의 감잘로였다. 로리스-멜리코프는 그가 샤밀에 충성을 다할 뿐만 아니라, 모든 러시아인에 대해서 참을 수 없는 혐오와 경멸, 반감과 증오를 품고 있다는 것을 알았는데, 그런 그가 러시아로 넘어온 이유가 무엇인지 도무지 알 수 없었다. 하지 무라트의 투항과 샤밀과의 불화에 관한 이야기가 사실은 속임수이고, 러시아군의 약점을 염탐한 후 산으로 다시 달아나 러시아군의 약점을 공격하기 위해 러시아군에 투항했을지도 모른다는 몇몇 상관들의 주장이 로리스-멜리코프의 뇌리에 가끔 떠올랐다. 그리고 감잘로는 그 존재 자체만으로도 그러한 추측을 증명하는 듯했다. '다른 두 사람이나 하지 무라트는 자신의 속내를 감출 수 있지만, 이 사람만은 증오를 감추지 못하고 드러내고 있구나'라고 로리스-멜리코프는 생각했다.

　로리스-멜리코프는 그와 대화를 나눠 보려 했다. 이곳 생활이 지루하지 않냐고 물어 보았다. 그러나 그는 일손을 놓지 않은 채, 애꾸눈으로 로리스-멜리코프를 힐끗 쳐다보고는 목쉰 목소리로 퉁명스럽게 대답했다.

"아니요, 지루하지 않습니다."

그리고 다른 모든 질문에 대해서도 한결같이 퉁명스럽게 대답했다.

로리스-멜리코프가 누케르[60]의 방에 있었을 때, 하지 무라트의 네 번째 뮤리트인 아바르인 하네피가 들어왔는데, 그는 얼굴과 목에 털이 많았고 볼록 튀어나온 가슴에도 털가죽처럼 털이 무성하였다. 그는 잔머리를 굴리지 않는 충직한 일꾼으로 항상 그가 하는 일에 충실했으며 옐다르처럼 무조건 주인에게 충성을 다했다.

하네피가 쌀을 가지러 누케르의 방에 들어왔을 때, 로리스-멜리코프는 그를 불러 세우고 어디서 왔는지, 그리고 하지 무라트와 얼마나 함께 동거하며 동고동락했는지 물었다.

"5년입니다." 하네피는 로리스-멜리코프의 질문에 대답했다. "우리는 같은 아울 출신입니다. 나의 아버지가 그의 숙부를 죽였고, 그래서 그들도 저를 죽이려 했습니다." 그는 일자로 맞붙은 눈썹 아래로 로리스-멜리코프의 얼굴을 침착하게 주시하며 말했다. "그래서 그들에게 저를 동생으로 받아달라고 간청했습니다."

"동생으로 받아달라는 것은 무슨 뜻이지?"

---

60) 수행원 혹은 경호원이라는 뜻.

"나는 두 달 동안 머리와 손톱을 깍지 않고 그들을 찾아갔습니다. 그들은 나를 그들의 어머니인 파티마트에게 데려갔습니다. 파티마트는 제게 젖가슴을 내어 주셨고, 저는 그분의 동생이 되었습니다."

옆 방에서 하지 무라트의 목소리가 들렸다. 옐다르는 즉시 주인의 호출을 알아채고는 손을 씻고 서둘러 성큼성큼 응접실로 나갔다.

"그가 뵙자고 합니다." 그는 돌아와서 말했다. 로리스-멜리코프는 쾌활한 마고마 칸에게 담배 한 대를 더 주고 응접실로 나갔다.

13

로리스-멜리코프가 응접실로 들어오자, 하지 무라트는 생기있는 얼굴로 그를 맞았다.

"그럼 이야기를 계속할까요?" 쇼파에 앉으며 그가 말했다.

"네, 좋습니다." 로리스-멜리코프가 대답했다. "기도하시는 동안 저는 누케르의 방에 가서 그들과 대화를 나눴습니다. 유쾌한 사람이 한 명 있더군요." 그가 말을 덧붙였다.

"네, 마고마 칸이 좀 단순한 사람이죠." 하지 무라트가 말했다.

"저는 젊고 잘생긴 사람이 마음에 들던데요."

"아, 옐다르. 그는 젊지만, 강철처럼 아주 단단한 친구입니다."

그들은 잠시 침묵했다.

"그럼 이야기를 계속할까요?"

"네. 그렇게 합시다."

"칸이 어떻게 살해되었는지까지 말씀드렸죠. 그래요, 감자트는 칸의 형제들을 살해한 후, 훈자흐로 가 칸의 궁전을 차지했습니다." 하지 무라트는 말을 시작했다. "거기에는 칸의 어머니가 남아 있었습니다. 감자트가 그녀를 불렀습니다. 그녀는 감자트를 비난하기 시작했습니다. 그러자 감자트는 뮤리트 아셀데르에게 눈짓을 보냈고, 아셀데르는 그녀의 등 뒤에서 칼을 내리쳐 그녀를 살해했습니다."

"왜 그녀를 살해했나요?" 로리스-멜리코프가 물었다.

"그럼 어쩌겠어요. 한쪽 발을 안장에 올렸으면, 다른 쪽 발도 따라 올려야 하니까요. 그렇게 일족을 모두 없애 버리기로 한 거죠. 그리고 그것을 실행에 옮겼습니다. 샤밀은 막내아들을 절벽에서 떨어트려 살해했습니다. 결국 아바르 전체가 감자트에게 항복했지만, 우리 형제만은 항복하지 않았습니다. 우리 형제는 칸의 일가를 위해서라도 그의 피를 봐야 했습니다. 우리는 항복하는 체하면서, 어떻게 하면 그에게 피 맛을 볼 수 있게 할까만을 궁리했습니다. 우리는 할아버지께 조언을 구했고, 잠복해 있다가 그가 궁전에서 나올 때 죽이기로 했습니다. 그런데 어떤 놈이 우리의 말을 엿듣고는 감자트에게 일러 바쳤고, 그가 할아버지를 불러 이렇게 말했습니다. '조심하십시오. 당신 손자들이 나를 죽이려고 모의한 것이 사실이라면, 손자들과 함께 당신도 나란히 교수대에 매달리게 될 테니 말이오. 나는 신의 과업을 수행하는 거니, 나를 방해하지 마시오. 내 말을 명심하고 가시오.' 할아버지는 집으로 돌아와서 감자트의 말을 우리에게 전했습니다. 우리는 더 이상 기다리지 않고 축일 첫째 날 사원에서 거사를 감행하기로 했습니다. 동료들은 함께하기를 거절해서 우리 형제만 거사를 치르기로 했습니다. 우리는 권총을 두 자루씩 챙기고 부르카를 입은 후 사원으로 갔습니다. 감자트는 30명의 뮤리트와 함께 들어왔습니다. 그들은 모두 군도를 들고 있었습니다. 감자트 옆에는 칸 아내의 머리를 내려친 심복 아셀데르가 있었습니다. 그는 우리를 보자마자 부르카를 벗으라고 소리치며 우리를 향해 다가왔습니다. 나는 손에 쥐고 있던 단검으로 그를 찔러 죽이고 감자트에게 돌진했습니다. 그런데 나의 형 오스만이 이미 감자트에게 총을 쐈습니다. 감자트는 죽지 않고 단검을 든 채 나의 형에게 달려들었지만, 제가 감자트의 머리에 마지막 일격을 가했습니다. 하지만 뮤리트는 서른 명이었고 우리는 두 명 뿐이었습니다. 그들이 나의 형 오스만을 살해했지만, 나는 결투 끝에 그들을 피해 창문에서 뛰어내려 달아났습니다. 감자트가 살해되었다는 소식을 전해 들은 사람들은 일제히 봉기하였고, 이에 그의 뮤리트들은 뿔뿔이 도망쳐 버렸으며, 도망가지 못한 자들은 모두 살해되었습니다.”

하지 무라트는 말을 멈추고 깊은 한숨을 쉬었다.

“이때까지만 해도 모든 것이 좋았습니다.” 그가 말을 계속했다. “그런데 그 이후로 상황이 나빠졌습니다. 샤밀이 감자트의 자리를 꿰차게 된 것입니다. 그는 나에게 사자를 보내 자기와 함께 러시아에 맞서 싸울 것을 명령하면서, 만약 내가 거절하면 훈자흐를 파괴하고 나 역시 죽이겠다고 겁박했습니다. 나는 그에게 가지도 않을 것이며, 그가 내게 오도록 하지도 않을 것이라고 말했습니다.”

"왜 그에게 가지 않았습니까?" 로리스-멜리코프가 물었다.

하지 무라트는 미간을 찌푸리고는 즉답을 피했다.

"그럴 수가 없었습니다. 샤밀의 손에는 나의 형 오스만과 아부눈찰 칸의 피가 묻어 있었으니까요. 나는 그에게 가지 않았습니다. 로젠 장군은 제게 장교 직책을 하사하며 아바르의 사령관으로 임명했습니다. 모든 것이 순조롭게 잘 풀리는 듯싶었습니다. 로젠 장군은 아바르의 통치자로 처음에는 카지쿠미흐의 칸 마호메트 미자르를 임명했고, 그 다음에는 아흐메트 칸을 임명했습니다. 그런데 이 아흐메트 칸이 나를 싫어했습니다. 그는 자기 아들과 칸의 딸 살타네트를 결혼시키려 했습니다. 하지만 그녀는 거절했고, 그걸 나 때문이라고 생각했습니다. 그는 나를 증오해서 누케르를 보내 나를 죽이려 했지만, 다행히 도망칠 수 있었습니다. 그러자 그는 클류게나우 장군에게 가서는, 내가 아바르인들에게 러시아 병사들에게는 장작을 주지 말라고 명령했다는 중상모략을 했습니다. 또한 그는 내가 이 터번을 두르고 있는 것이, 바로 이 터번 말입니다." 하지 무라트는 파파하 위에 쓰고 있는 자신의 터번을 가리키며 말했다. "내가 샤밀쪽으로 넘어갔다는 것을 의미한다고 말했습니다. 장군은 그자를 믿지 않았고, 그래서 나를 해치지 말라 명령했습니다. 그러나 장군이 티플리스를 떠나자, 아흐메트 칸은 제멋대로였습니다. 그는 1개 중대를 끌고 와 나를 붙잡아 족쇄를 채우고 쇠사슬로 대포에 묶었습니다. 그렇게 엿새 동안 묶여 있었습니다. 7일째 되던 날 나를 풀어주더니 테미르 칸 슈라에게 데려갔습니다. 총을 장전한 사십 명의 병사가 나를 끌고 갔습니다. 내 손은 포박되었고, 내가 도망치면 사살하라는 명령이 떨어졌습니다. 나는 그 사실을 알고 있었습니다. 모크소흐 근처에 다다르자 길이 좁아졌고 오른쪽으로 약 50사젠 높이의 낭떠러지가 나타났습니다. 나는 병사들 오른편으로 이동하여 낭떠러지 끝으로 다가갔습니다. 한 병사가 나를 저지하려 했지만 나는 절벽에서 뛰어내렸고 그 병사도 함께 떨어졌습니다. 병사는 충격으로 즉사하였지만, 나는 보시다시피 살아남았습니다. 갈비뼈, 머리, 팔, 다리 전부 다 부러졌습니다. 나는 기어서라도 가보려 했지만, 그럴 수 없었습니다. 머리가 어지럽더니 그만 정신을 잃고 말았습니다. 피범벅이 된 채로 눈을 떴습니다. 양치기가 나를 발견했습니다. 그가 사람을 불러 나를 아울로 옮겼습니다. 갈비뼈와 머리가 아물었고, 다리도 나았지만, 한쪽 다리가 조금 짧아졌습니다."

하지 무라트가 굽은 다리를 뻗어 보였다.

"아직 충분히 쓸 만합니다." 그가 말했다. "사람들이 내 근황을 수소문해서 알아내더니 찾아오기 시작했습니다. 나는 회복된 후 첼메스로 이동했습니다. 아바르인들이 또다시 자신들을 통치해 달라고 부탁했습니다." 하지 무라트는 침착하고 자부심에 찬 목소리로 말했다. "그래서 나는 수락했습니다."

하지 무라트가 갑자기 벌떡 일어섰다. 그리고는 안장주머니에서 서류 뭉치를 꺼내더니 거기에서 빛바랜 편지 두 통을 뽑아 로리스-멜리코프에게 건네주었다. 클류게나우에게서 온 편지였다. 로리스-멜리코프는 편지를 읽었다. 첫 번째 편지는 다음과 같은 내용이었다.

"하지 무라트 소위! 자네가 내 부하로 복무하는 동안 나는 자네에게 만족했고, 자네를 좋은 사람이라 생각했네. 그런데 최근 아흐메트 칸 소장의 말에 따르면, 자네는 배신자로 터번을 두르고 샤밀과 내통하면서 사람들에게 러시아 당국의 말을 따르지 말라고 선동한다고 하더군. 그래서 나는 자네를 체포하여 내게 압송하라 명령했네. 그런데 자네는 도망치고 말았어. 나는 자네에게 죄가 있는지 없는지 모르기 때문에 도망친 행동이 잘한 것인지, 못한 것인지 판단이 서지 않네. 이제 내 말을 듣게나. 만일 위대한 황제 폐하를 우러러볼 때 양심상 한 점 부끄러움이 없고, 그 어떤 죄도 없다면, 나에게 오게. 그 누구도 두려워하지 말고. 나는 자네의 보호자일세. 칸은 자네에게 아무 짓도 못 할 걸세. 그는 내 부하이니 걱정할 필요가 없어."

클류게나우는 자신은 항상 약속한 말을 지키며 공정하다는 것을 덧붙이고는, 다시 한번 더 하지 무라트에게 자기에게 오라고 충고했다.

로리스-멜리코프가 첫 번째 편지를 다 읽자, 하지 무라트는 두 번째 편지를 꺼내 로리스-멜리코프에게 건네주기 전, 첫 번째 편지에 대한 답장을 어떻게 보냈는지 말해 주었다.

"나는 그에게 터번을 두른 이유는 샤밀을 위해서가 아니라 내 영혼을 구원하기 위해서며, 내 아버지와 형제들, 그리고 친척들이 그의 손에 살해되었기 때문에 샤밀에게 갈 수도, 그리고 가지도 않을 것이라고 말했습니다. 또한 제 명예를 욕보였기 때문에 러시아 편으로도 갈 수 없다고 적었습니다. 훈자흐에서 내가 결박되어 있을 때, 어떤 악당이 나를..... 따라서 그를 죽이기 전까지 당신에게 넘어갈 수 없습니다. 그러나 무엇보다도 두려웠던 것은 사기꾼 아흐메트 칸이었습니다. 그러자 장군이 내게 이 편지를 보냈습니다." 하지 무라트는 이렇게 말하고, 로리스-멜리코프에게 빛바랜 또 다른 편지를 건넸다.

"답장을 보내줘서 고맙네." 로리스-멜리코프가 읽었다. "자네는 러시아 쪽으로 되돌아오는 것이 두려운 것이 아니라, 어떤 이교도가 자네에게 저지른 모욕 때문에 러시아로 넘어올 수 없다고 썼네만, 내가 확언컨대 러시아의 법은 공정하기에 자네를 모욕한 자가 처벌받는 장면을 자네 두 눈으로 직접 볼 수 있게 할 걸세. 나는 이미 그 사건을 조사하도록 지시했네. 하지 무라트, 잘 듣게나. 나는 자네가 나와 내 명예를 신뢰하지 않는다는 사실에 불만을 가질 권리가 있지만, 일반적으로 의심이 많은 산악민들의 성격을 알기에 자네를 용서하네. 만약 자네가 양심에 꺼릴 것이 없고, 실제로 영혼의 구원을 위해 터번을 두른 것이라면, 그렇다면 자네는 정당하며 나와 러시아 정부를 당당하게 볼 수 있을 걸세. 그리고 자네를 불명예스럽게 한 자는 처벌을 받게 될 것이며, 자네의 재산 역시 되찾게 될 것이고, 러시아의 법이 무엇인지 직접 보고 배우게 될 걸세. 게다가 러시아인들은 모든 것을 다른 관점에서 보기 때문에, 어떤 불한당이 자네를 모욕했다고 해서 자네가 모욕당했다고 생각하지 않네.

나는 직접 김리[61] 사람들에게 터번을 두를 수 있도록 허가했고, 그들이 적절하게 행동하고 있는지 지켜보고 있네. 다시 한번 말하지만, 자네는 그 어떤 것도 두려워할 것이 없네. 내가 지금 보낸 사자와 함께 내게 오게나. 그는 나에게 충성을 다하는 자로 자네 원수의 노예가 아니라 정부의 특별한 관심에 기꺼이 응해 주고 있는 친구일세.”

클류게나우는 하지 무라트에게 러시아로 넘어오라고 계속해서 설득했다.

“나는 그의 말을 믿지 않았습니다.” 로리스-멜리코프가 편지를 다 읽자 하지 무라트가 말했다. “그래서 나는 클류게나우에게 가지 않았습니다. 무엇보다도 나는 아흐메트 칸에게 직접 복수해야 했기 때문에 러시아인의 손을 빌려 복수할 수 없었습니다. 그런데 바로 그 무렵 아흐메트 칸이 첼메스를 포위하고 나를 생포하거나 제거하려 했습니다. 나에겐 적은 인원만 있었기에 그와 맞서 싸울 수 없었습니다. 그때 한 사자가 샤밀의 편지를 갖고 왔습니다. 샤밀은 아흐메트 칸과 싸워 그를 죽일 수 있도록 도와주겠다는 것과 아바르 전역에 대한 통치권을 내게 주겠다고 약속했습니다. 나는 한참 동안 생각한 끝에 샤밀에게 갔습니다. 그리고 그 이후로 러시아군과 계속해서 전쟁을 치렀습니다.”

하지 무라트는 전쟁에서 거둔 공훈들에 관해 모두 이야기했다. 그

---

61) 다케스탄의 한 지역.

의 공훈은 무척 많았고, 로리스-멜리코프도 그 중 일부는 익히 알고 있는 것이었다. 그의 원정과 기습은 신속한 이동과 대담한 공격으로 인해 항상 성공적이었다.

"나와 샤밀 사이에 우정은 없었습니다." 이야기를 마치며 하지 무라트는 말했다. "그는 나를 두려워했지만, 그에게 나는 필요한 존재였습니다. 그러던 어느 날 누군가가 제게 샤밀 이후에 누가 이맘이 되어야 하냐고 물었습니다. 그래서 나는 칼날이 날카로운 자가 이맘이 되어야 한다고 말했습니다. 이 말이 샤밀의 귀에 들어갔고, 그는 나를 제거하려 했습니다. 샤밀은 나를 타바사란으로 보냈습니다. 나는 그곳에 가서 양 천 마리와 말 삼백 필을 탈취했습니다. 그러자 샤밀은 올바른 행동을 하지 않았다며 내 지위를 박탈하고 전 재산을 내놓으라고 명령했습니다. 나는 그에게 금화 천 냥을 보냈습니다. 그러나 그는 뮤리트들을 보내 내 전 재산을 빼앗아갔습니다. 샤밀은 나보고 자신에게 오라 명령했지만, 나를 죽이려는 속셈임을 알기에 가지 않았습니다. 그러자 그는 나를 체포하려고 뮤리트들을 보냈습니다. 나는 그들을 물리치고 보론초프에게 갔습니다. 단지 걱정되는 것은 가족을 데려오지 못했다는 점입니다. 어머니와 아내 그리고 아들이 샤밀의 수중에 있습니다. 사르다르께 말씀해 주십시오. 가족이 샤밀의 수중에 있는 한 나는 아무것도 할 수 없다고요."

"그렇게 전하겠습니다." 로리스-멜리코프가 말했다.

"꼭 그렇게 전해주십시오. 내가 가진 모든 것을 당신에게 드릴 테니 공작의 도움을 청해 주십시오. 나는 밧줄로 묶여 있고, 그 밧줄의 끝을 샤밀이 잡고 있으니까요."

로리스-멜리코프에게 이렇게 말하면서 하지 무라트는 자신의 이야기를 마무리했다.

14

12월 20일, 보론초프는 육군 대신 체르니쇼프[62]에게 다음과 같은 편지를 보냈다. 편지는 프랑스어로 작성됐다.

"친애하는 공작, 최근 각하께 편지를 보내지 못했던 것은 무엇보다도 하지 무라트와 관련된 일을 결정해야 했고, 이삼일 동안 제 건강 상태가 좋지 못했기 때문입니다. 제 마지막 편지에서 하지 무라트가 여기로 왔다고 말씀드렸듯이, 그는 8일에 티플리스에 왔고, 그다음 날 저와 만났습니다. 그리고 8-9일 동안 그와 대화를 나눴으며, 우리를 위해 그가 무엇을 할 수 있는지, 특히 지금 당면한 문제와 관련하여 그에게 어떤 조처를 해야 할지 심사숙고했습니다. 왜냐하면 그는 가족의 운명에 관해 크게 걱정하고 있으며, 가족이 샤밀의 수중에 있는 한 자신의 손발은 묶여 있는 것과 다름없어서 러시아가 제공한 호의와 관용에 감사를 표하고 싶어도 할 수 없다고 털어 놓았기 때문입

---

62) 체르니쇼프(Zakhar Grigorievich Chernyshov, 1797-1862)는 12월 혁명의 당원으로 니콜라이 1세 때 육군대신으로 임명되었다.

니다. 소중한 사람들로 인한 불안감이 그를 매우 초조하게 하고 있으며, 여기서 제 지시로 그와 함께 지내는 사람들의 말에 따르면, 그는 밤에 잠을 자지도 않고, 음식을 거의 먹지도 못하고 있으며, 계속해서 기도만 드리면서 몇몇 카자크들과 말을 탈 수 있게 해 달라는 요청만 하고 있답니다. 승마는 다년간의 습관으로 그가 할 수 있는 유일한 운동이자 기분전환이니까요. 그는 매일 저를 찾아와 자신의 가족과 관련된 새로운 정보는 없는지 묻고, 그때마다 각 전선에서 사로잡은 적의 포로들을 취합하여 자기 가족과 교환할 것을 샤밀에게 제안해 달라고 요청하면서, 자신도 약간의 돈을 보태겠다고 말하고 있습니다. 그 일을 도모하기 위해 돈을 마련해 줄 사람도 있다고 합니다. '가족을 구해 주십시오. 그다음에 당신들에게 봉사할 기회를 주십시오.' (그의 견해에 따르면, 레즈긴 전선이 가장 적합하다고 합니다.) '만일 한 달 이내에 큰 공훈을 세우지 못하면 어떤 처벌도 달갑게 받도록 하겠습니다.'

　저는 그의 요구가 모두 매우 정당하다고 생각하며, 그의 가족이 우리와 함께 있지 않고 산속에 남아 있는 한, 우리 쪽에서도 당신의 맹세를 믿지 못하는 사람이 많을 거라고 대답했습니다. 그리고 국경에 있는 포로들을 취합하는데 가능한 모든 노력을 기울일 것이며, 가족의 몸값을 지급해 주는 사람에게 보조금을 제공해 주는 것은 내규상 제 소관이 아니지만, 그를 도와줄 수 있는 다른 방법이 있는지 찾아보겠다고 말했습니다. 그런 다음에 저는 샤밀이 그의 가족을 풀어

주지 않을 것이며, 아마도 이 사실을 그에게 직접 선언하면서 그의 모든 잘못을 용서하고 과거의 지위를 복원시켜 주겠다고 약속할지도 모르며, 만약 그런데도 그가 돌아오지 않는다면, 하지 무라트의 어머니와 아내, 그리고 여섯 자녀를 모두 죽이겠다고 협박할 거라는 제 의견을 솔직하게 말했습니다. 그리고 만약 샤밀에게 그러한 선언을 듣게 된다면, 어떻게 할 것인지 솔직하게 말해 달라고 물어보았습니다. 하지 무라트는 그의 눈을 치켜뜨고 하늘로 두 손을 올리더니 모든 것은 신의 뜻이지만 결코 적에게 넘어가지 않을 것이라고 했습니다. 왜냐하면 샤밀은 그를 용서하지 않을 것이고, 용서한다고 해도 오랫동안 목숨을 부지하기 어려울 거라는 것을 잘 알고 있기 때문이라 했습니다. 그는 가족을 몰살시키는 것과 관련하여 샤밀이 경솔하게 행동하지 않을 거라 생각했는데, 그 이유는 첫째, 샤밀이 하지 무라트를 더 필사적이고 위협적인 적으로 만들고 싶지 않기 때문이며, 둘째, 다게스탄에 있는 유력 인사들이 샤밀이 그렇게 행동하도록 용납하지 않을 것으로 보았기 때문입니다. 끝으로 미래에 대한 신의 뜻이 무엇이든지 간에 지금 그에게는 가족을 구출해야겠다는 생각밖에 없으며, 신의 이름으로 간청하건대 그를 도와달라고, 그리고 체첸 지역으로 돌아갈 수 있게 허가해 달라고 여러 번 반복해서 요청했습니다. 그곳 체첸에서는 러시아 지휘관들의 허락과 중재를 받아 가족과 접촉할 수도 있고, 가족의 현재 상황과 그들을 구출할 방법에 대해 지속적으로 정보를 얻을 수 있기 때문입니다. 비록 적군이 차지하고 있는 지역이긴 하나, 그 지역의 많은 거주민과 몇몇 나이브도 정도의 차이는 있지만 그와 연관된 사람들입니다. 따라서 러시아군에 이미 정복되었거나 중립을 유지하는 지역 거주민들에게 하지 무라트가 가게된다면 러시아의 도움을 받아 그가 밤낮으로 애쓰는 목적을 얻는 데 매우 유용한 접촉을 할 수 있을 것이라 말합니다. 그리고 그 성취는 그를 안정시켜서 러시아의 국익에 도움 되는 행동을 하여 우리의 신뢰에 보답할 수 있게 할 것이라 재차 말합니다. 그는 20-30명의 용감한 카자크병들을 데리고 그로즈나 숲으로 다시 돌아가길 원하는데, 이 용사들은 적에게서 그를 보호할 것이며, 우리에게는 그가 말한 의도가 진정성 있는지를 검증해 줄 것입니다.

친애하는 공작 각하, 제가 이 일을 어떻게 처리하든 간에 그 막중한 책임이 저에게 있기 때문에, 제가 이 모든 일에 얼마나 당혹스러워하는지 이해해 주시길 바랍니다. 그를 전적으로 신뢰하는 것은 매우 경솔한 일일 것입니다. 하지만 우리가 그에게서 탈출할 모든 수단을 없애고자 한다면 그를 가두는 수밖에 없는데, 이는 부당하고 현명하지 못하다고 생각합니다. 이러한 조치는 다게스탄 전역으로 빠르게 퍼져 우리에게 큰 피해를 줄 것이며, 샤밀에게 공개적이든 아니든 대항할 준비가 되어 있던 사람들(그들의 수는 많습니다.)과 피치 못해 러시아로 망명했지만 용감하고 진취적인 이맘의 장군이 러시아에서 어떻게 대우를 받고 있는지 궁금해하던 사람들이 지닌 열망을 사라지게 할 것입니다. 우리가 하지 무라트를 포로로 취급하는 순간, 샤밀을 배반함으로써 얻게 된 모든 긍정적인 효과는 사라지고 마는 것입니다.

그래서 저는 제가 취했던 행동 외에는 다른 방법이 없었다고 생각하지만 하지 무라트가 또다시 도망치려 한다면 그 큰 잘못에 대한 책임은 져야 한다고 생각합니다. 이렇듯 공무집행과 복잡한 문제에서 실수에 대한 위험을 감수하지 않고 책임까지도 지지 않으면서 올바른 길로 가는 것은 불가능하지는 않지만 어려운 일입니다. 따라서 일단 올바른 길로 여겨진다면 무슨 일이 일어나든 그 길로 나아가야 한다고 생각합니다.

친애하는 공작 각하, 이 사건을 위대하신 황제 폐하께 고해 주시길 요청하며, 만일 우리의 위엄있는 폐하께서 제 행동을 승인해 주신다면 저는 행복할 것입니다. 이상과 같이 제가 공작께 보고드린 모든 내용을 자바돕스키 장군과 코즐롭스키 장군에게도 편지로 전했으며, 코즐롭스키 장군에게는 하지 무라트와 직접 연락하라고 했고, 하지 무라트에게는 코즐롭스키 장군의 허가 없이는 그 어떤 행동도 해서는 안 되며, 어디도 다닐 수 없다고 말했습니다. 또한 저는 러시아군이 하지 무라트를 감금했다는 헛소문을 샤밀이 퍼트릴 수 있기 때문에, 그가 우리의 호위병들과 함께 말을 타고 다니는 것이 오히려 러시아에게도 좋은 일이라고 설명해 주었습니다. 그러나 이와 동시에 그에게 보즈드비젠스코예에는 절대로 가지 않겠다는 약속을 받았는데, 그가 처음 러시아로 투항했을 때 자신의 쿠나크로 생각하게 된 제 아들이 그 지역 지휘관이 아니므로 오해를 살 수 있기 때문입니다. 그리고 보즈드비젠스코예가 우리에게 적대적인 거주민들과 너무 인접해 있는 반면, 그로즈나야 숲은 하지 무라트의 심복들과 연락하는 데 편리하기 때문입니다.

하지 무라트의 요청에 따라 그에게서 한 걸음도 떨어지지 않을 20명의 카자크 정예 병사 외에 훌륭하고 매우 똑똑한 로리스-멜리코프 대위를 함께 보내기로 했는데, 그는 타타르어를 할 줄 알고 하지 무라트를 잘 파악하고 있으며, 하지 무라트 또한 그를 깊이 신뢰하는 것 같습니다. 하지 무라트가 열흘 동안 보내는 동안, 우연히도 군 사업차 이곳을 방문한 슈신스키 지역 사령관 타르하노프 중령 공작과 한집에서 살았습니다. 그는 진정 훌륭한 인물로 저는 그를 절대적으로 신뢰합니다. 그 또한 하지 무라트의 신임을 얻었고 타타르어를 매우 잘 구사하기 때문에, 우리는 그를 통해서 가장 미묘하고 비밀스러운 문제에 대해 논의를 하였습니다.

저는 타르하노프와 하지 무라트에 관해 상의했는데, 그는 제가 했던 대로 조치하든가, 아니면 하지 무라트를 감옥에 가둔 다음, 가능한 한 모든 엄격한 방법을 총동원하여 그를 감시하자는—왜냐하면 그를 냉대하면, 이후 그를 감시하기가 쉽지 않기 때문입니다—제 의견에 전적으로 동의했습니다. 아니면 그를 외국으로 완전히 추방하는 방법밖에는 없다고 했습니다. 그러나 이 마지막 두 가지 조치는 하지 무라트와 샤밀의 싸움으로 발생한 우리 측의 이득을 모두 없애 버릴 수 있을 뿐만 아니라, 샤밀의 권력에 대항하고자 하는 산악민들의 점증된 불만과 반란의 가능성도 사라지게 할 것입니다. 타르하노프 공작은 제게 하지 무라트의 진정성을 믿는다고 말했고, 그의 말에 따르면 하지 무라트도 샤밀이 모든 것을 용서해 주겠다고 약속해도, 자신을 절대로 용서하지 않을 것이며 분명 사형시킬 것이라 확신하고 있다고 했습니다. 하지 무라트와의 교섭에서 타르하노프 공작이 우려했던 유일한 것은 종교에 대한 그의 애착이었는데, 그는 샤밀이 종교적 측면에서 그에게 영향을 줄 수 있다는 점을 숨기지 않았습니다. 그러나 제가 위에서 이미 언급했듯이, 샤밀이 하지 무라트가 돌아오면 당장 혹은 얼마간은 죽이지 않겠다는 말로 그를 결코 설득하지 못할 것입니다.

　친애하는 공작 각하, 이상이 우리 지역에서 일어났던 사건과 관련하여 제가 보고하고자 했던 일들의 전말입니다."

15

편지는 12월 24일 티플리스에서 발송되었다. 1852년 새해 전날 밤, 전령은 열 마리의 말을 혹사하고 열 명의 마부를 심하게 매질한 끝에 당시 육군 대신이었던 체르니쇼프 공작에게 편지를 전달했다.

1852년 1월 1일, 체르니쇼프는 보론초프 공작의 편지를 다른 보고서들과 함께 니콜라이 황제에게 올렸다.

체르니쇼프는 보론초프를 좋아하지 않는데, 보론초프가 누리는 커다란 존경심과 그의 막대한 부, 그리고 보론초프가 진정한 귀족 출신인 데 반해 체르니쇼프는 벼락출세한 사람이라는 점 때문이었다. 하지만 무엇보다도 황제 폐하가 그를 누구보다도 총애한다는 점이 맘에 들지 않았다. 그래서 체르니쇼프는 기회가 있을 때마다 보론초프에게 불이익을 주려했다. 체르니쇼프는 캅카스와 관련된 지난 보고서에서 지도부의 부주의로 캅카스의 분견대가 산악민에게 몰살당했다고 보고해 니콜라이 황제가 보론초프에게 불만을 품게 하는 데 성공했다. 이번에도 그는 하지 무라트에 관한 보론초프의 명령을 부정적으로 보고하려 했다. 그는 보론초프가 러시아에 손해를 끼치면서까지도 항상 원주민들을 보호하고 심지어 그들이 제멋대로 행동하는 것을 허용하고 있다는 것과 우리 측 방어진을 염탐하기 위해 투항했을지도 모르는 하지 무라트를 캅카스에 머물도록 한 것은 현명하지 못한 결정임을 지적하고자 했다. 따라서 하지 무라트를 러시아 중앙으로 이송해 두고, 그의 가족을 산에서 구출한 뒤, 그가 러시아에 충성을 다할 것이라는 확신이 들 때 그를 이용하는 것이 더 바람직하다고 황제께 제안할 생각이었다.

하지만 체르니쇼프의 이 계획은 성공하지 못했는데, 1월 1일 새해 아침부터 니콜라이 황제의 기분이 몹시 언짢아서 그 누구의, 그 어떤 제안도 받아들이지 않았기 때문이다. 특히 황제는 지금 당장 대신할 만한 사람이 없어 기용한 체르니쇼프의 제안을 받아들이기를 꺼렸는데, 왜냐하면 그가 데카브리스트 재판에서 자하르 체르니쇼프를 파멸시키려 노력했고 그의 재산까지도 가로채려고 시도했던 것을 알고는 그를 매우 비열한 악당으로 생각했기 때문이다. 따라서 니콜라이의 형편없는 기분 탓에 하지 무라트는 캅카스에 남게 되었고, 체르니쇼프가 다른 시간에 보고했으면 바뀌었을지도 모를 그의 운명도 바뀌지 않았다.

아침 9시 30분, 영하 20도 서리의 연무를 뚫고서, 끝이 뾰족한 하늘색 벨벳 모자를 쓰고 수염을 기른 체르니쇼프의 뚱뚱한 마부가 니콜라이 파블로비치가 탔던 것과 같은 작은 썰매를 몰고 겨울궁전의 작은 현관으로 다가와 친구인 돌고루키 공작의 마부에게 친근하게 고개를 끄덕였다. 돌고루키 공작의 마부는 주인을 모셔다 드린 후 궁전 현관 옆에서 오랫동안 기다리고 있었는데, 그는 두툼한 솜을 넣은 외투 등 뒤로 고삐를 대고 언 손을 문지르고 있었다.

체르니쇼프는 복슬복슬한 회색 비버털 깃이 있는 외투를 입고 수탉 깃털이 달린 삼각모를 쓰고 있었는데 제복과 잘 어울렸다. 그는 곰 가죽으로 만든 무릎 덮개를 치우고, 덧신을 신지 않아서 (그는 덧신을 신지 않는 것에 대해 자부심을 느꼈다.) 얼어붙은 발을 조심스럽게 썰매에서 내린 후, 박차를 가볍게 짤랑거리며 카펫을 가로질러 문지기가 그를 위해 정중하게 열어 놓은 문 안으로 들어갔다. 복도에서 외투를 벗어 늙은 하인에게 던지고는 체르니쇼프는 거울로 다가가 곱슬머리 가발에서 모자를 조심스럽게 벗었다. 그는 거울에 비친 자신을 보면서, 관자놀이와 이마에 흘러 내려온 머리카락을 노인의 손으로 능숙하게 정리하고, 십자 훈장과 어깨 장식, 모노그램을 수놓은 견장을 정리한 후, 말을 잘 듣지 않는 늙은 두 다리를 힘없이 딛고 카펫이 깔린 완만한 경사의 계단을 오르기 시작했다.

제복을 입고 문 옆에 서서 아첨하듯 정중하게 인사를 하는 하인들을 지나 대기실로 들어갔다. 새로 임명된 황제의 시종무관인 당직 장교가 그를 정중하게 맞이했다. 그는 빛나는 새 제복에 견장과 장식용 술을 달았고 아직까지는 방탕한 흔적이 보이지 않는 볼그레한 얼굴에 검고 짧은 콧수염을 길렀으며, 관자놀이까지 흘러내려 온 머리카락을 니콜라이 파블로비치처럼 눈 쪽으로 빗어 올렸다. 역시 니콜라이처럼 구레나룻과 콧수염을 기르고 관자놀이까지 흘러내려 온 머리카락을 눈 쪽으로 빗어 올린 육군차관 바실리 돌고루키 공작이 지루한 얼굴에 따분하다는 표정을 지으며 일어서서 그와 인사를 나눴다.

"황제께서는?" 체르니쇼프는 물어보는 듯한 시선으로 집무실 문을 쳐다보며 시종무관에게 물었다.

"폐하께서 방금 돌아오셨습니다." 시종무관은 자기 목소리에 만족스러운 듯 대답하더니, 물이 가득 찬 잔을 머리에 올리고 걸어도 물 한 방울 쏟아지지 않을 정도로 미끄러지듯 부드럽게 발을 디뎌 집무실 문으로 조용히 다가갔다. 그는 문을 열고 공손함을 표시한 뒤 그 문 안으로 사라졌다.

그동안 돌고루키는 서류 봉투를 열어 그 안에 들어 있는 서류를 검토했다.

체르니쇼프는 얼굴을 찌푸린 채, 얼어붙은 발을 녹이려는 듯 대기실 안을 걸어 다니며 황제에게 보고할 내용을 머리에 떠올리고 있었다. 체르니쇼프가 집무실 근처에 있었을 때, 집무실 문이 다시 열리더니 황제의 시종무관이 나와 전보다 더 밝고 공손한 몸짓으로 육군대신과 차관을 황제에게로 인도했다.

겨울궁전은 화재 이후 오래전에 재건되었지만, 니콜라이는 여전히 위층에서 살고 있었다. 장관과 고위 관료에게 보고를 받는 집무실은 천장이 매우 높았고 네 개의 커다란 창문이 있었다. 방 중앙 벽에는 알렉산더 1세 황제의 커다란 초상화가 걸려 있었다. 창문 사이로 두 개의 책상이 놓여 있었다. 벽을 따라 여러 개의 의자가 놓여 있었고, 방 한가운데 거대한 책상이 있었는데, 책상에는 니콜라이의 안락의자와 방문객용 의자가 있었다.

니콜라이는 견장은 없고 약식견장만 있는 검은색 프록코트를 걸치고, 거대한 배를 꽉 조인 육중한 몸을 기대고 책상 앞에 앉아, 미동도 하지 않는 생기 없는 눈으로 들어오는 사람을 쳐다보았다. 관자놀이로 매끈하게 늘어뜨린 머리와 대머리 부분을 가리는 가발이 예술적으로 맞닿는 부분에 경사진 큰 이마를 지닌 그의 길고 창백한 얼굴이 이날 따라 유난히 더 창백하고 무표정해 보였다. 늘 흐릿했던 그의 눈동자는 평소보다 더 생기가 없었으며, 위로 빗겨 올린 콧수염 아래 꾹 다문 입술, 높은 목깃이 받치고 있는 면도한 두 살찐 뺨과 소시지 모양의 구레나룻, 그리고 목깃에 짓눌러진 턱은 그의 얼굴에 불쾌감과 심지어 분노의 표정을 자아냈다. 이러한 기분은 피로 때문이었다. 피로의 원인은 그가 지난밤 가면무도회를 방문했기 때문이다. 그는 평소처럼 새가 그려진 근위기병 투구를 머리에 쓰고 배회하면서, 그를 향해 달려드는 사람들과 그의 거대한 몸짓과 자신감 넘치는 모습에 소심해져 길을 비키는 손님들 사이를 걸어 다녔다. 그러던 중 그는 지난 무도회에서 희고 아름다운 자태와 부드러운 목소리로 노년의 관능을 깨우고 다음 무도회에서 다시 만나자고 약속을 하고 사라졌던 가면을 다시 만났게 되었다. 그녀는 그에게 다가왔고, 그는 그녀를 놓아주지 않았다. 그는 특별히 그런 목적으로 준비된 밀실로 그녀를 데려가 그녀와 함께 보낼 수 있었다. 밀실 문 앞에 조용히 다다른 니콜라이는 안내원을 찾기 위해 주변을 둘러보았지만, 그는 거기에 없었다. 니콜라이는 얼굴을 찡그리고는 직접 밀실의 문을 열어 그녀를 먼저 들어가라고 권했다.

"여기에 누가 있어요." 가면을 쓴 여자가 멈춰 서서 말했다. 밀실에는 정말 누군가가 있었다. 작은 벨벳소파 위에 경기병 장교와 한 여인이 꼭 붙어 있었다. 그녀는 젊고, 예뻤으며, 곱슬머리 금발에다 도미노[63]를 썼는데, 그녀의 마스크는 벗겨져 있었다. 잔뜩 화가 난 얼굴로 서 있는 니콜라이를 보자, 금발의 여인은 황급히 가면을 썼지만, 경기병 장교는 겁에 질려 소파에서 일어나지도 못하고 니콜라이를 멀뚱멀뚱 쳐다보았다.

니콜라이는 사람들에게 공포를 주는 것에 익숙했고, 그렇게 공포를 주는 것이 그에게도 즐거웠지만, 때로는 이와 반대로 공포에 떠는 사람들에게 예상치 못한 다정한 말을 건네 그들을 더욱 놀라게 하는 것도 좋아했다. 지금 그는 그렇게 했다.

"형제여, 자네가 나보다 조금 더 젊으니 자리를 좀 양보해줄 수 있겠나?" 황제는 공포에 망연자실해 있는 장교에게 말했다.

장교는 자리에서 벌떡 일어나 창백해졌다 붉어졌다 하는 얼굴로

---

63) 가면무도회 등에서 이용하는 마스크.

잔뜩 몸을 웅크리고는 마스크를 쓴 여자를 따라 밀실에서 나갔다. 니콜라이는 자신의 여인과 단둘이 밀실에 남아 있을 수 있었다.

가면을 쓴 여인은 스웨덴인 가정교사의 딸로 예쁘고 순진한 20살 처녀였다. 이 처녀는 니콜라이에게 어린 시절부터 그의 초상화를 보고 사랑에 빠졌으며, 그를 숭배한 나머지 어떤 대가를 치르더라도 그의 관심을 끌겠다고 결심했었다고 말했다. 그리고 이제 그 소원을 이뤘으니 더는 바랄 것이 없노라고 말했다. 처녀는 니콜라이가 평소 여성들과 밀회를 즐기는 장소로 안내되었고, 그곳에서 니콜라이와 한 시간 넘게 보냈다.

그날 밤 니콜라이는 침실로 돌아와 자신이 자랑스럽게 여기는 좁고 단단한 침대에 누워, 역시 나폴레옹의 모자만큼이나 유명하다고 생각하는 (그는 실제로 그렇게 말했다.) 망토를 덮었지만, 오랫동안 잠을 청하지 못했다. 그는 겁을 잔뜩 집어먹으면서도 황홀한 표정을 짓던 처녀의 하얀 얼굴을 떠올려보고, 정부인 넬리도바의 강인하고 포동포동한 어깨를 떠올려보면서 두 여인을 비교해 보기도 했다. 그는 유부남의 방탕이 나쁘다고 생각해 본 적이 없었으며, 누군가가 이와 관련하여 그를 비난한다면 그는 아마 매우 놀랄 것이다. 그는 자신이 마땅히 해야 할 일을 했다고 확신하면서도, 왠지 마음 한구석에 불쾌한 뒷맛을 느꼈다. 그는 이러한 기분을 떨쳐내기 위해 그를 항상 진정시켜주는 생각, 즉 자신이 얼마나 위대한 인물인가라는 생각에 빠져들었다.

늦게 잠들었음에도 그는 늘 그렇듯이 8시 전에 일어나 평소처럼 세면하고, 거대하고 뚱뚱한 몸을 얼음으로 닦은 후, 기도를 올리고, 어린 시절부터 늘 해 오던 '성모송,' '사도신경,' '주기도문'을 아무 의미 없이 암송하였다. 그는 외투를 입고 챙이 있는 모자를 쓴 후 작은 현관문을 통해 제방으로 나갔다.

제방을 따라가다 그는 제복과 모자를 쓴, 자신 만큼이나 덩치가 큰 법대생을 마주쳤다. 자유주의 사상을 옹호하는 학교의 제복을 보자 니콜라이 파블로비치는 인상을 찌푸렸지만, 커다란 키의 학생이 부동자세로 팔꿈치를 쭉 뻗어 올려 정중하게 거수경례하자 불쾌감이 누그러졌다.

"성이 뭔가?" 니콜라이가 물었다.

"폴로사토프입니다. 황제 폐하!"

"훌륭한 젊은이군!"

학생은 여전히 모자에서 손을 떼지 않고 있었다. 니콜라이가 손을 내리라고 했다.

"자네는 군인이 되고 싶은가?"

"아닙니다. 황제 폐하."

"멍청한 놈!" 이렇게 말한 뒤 니콜라이는 뒤돌아 걸으며 그의 입에서 튀어나오는 첫 단어를 크게 내뱉기 시작했다. "코페르베인, 코베르베인." 그는 지난밤 만났던 처녀의 이름을 여러 번 반복했다. "추잡하다, 추잡해." 그는 자신이 무엇을 말하는지 생각하지도 않고, 다만 그 말에 집중하면서 자신의 감정을 추슬렀다. '그래 내가 없으면 러시아가 어떻게 되겠어?' 그는 또다시 불쾌한 감정이 스멀스멀 다가오는 것을 느끼며 혼잣말을 했다. '그래, 내가 없으면 러시아뿐만 아니라, 유럽이 어떻게 되겠어?' 그는 처남인 프로이센 왕의 나약함과 우둔함을 상기하며 고개를 가로저었다.

궁정 현관에 이르렀을 때, 그는 붉은색 제복을 입은 하인이 모는 옐레나 파블로브나[64]의 마차가 살티콥스키 출입문으로 다가오는 것을 보았다. 옐레나 파블로브나는 과학과 시뿐만 아니라 민중을 통치하는 것까지 논쟁하는 공허한 인간으로, 그런 부류의 사람들은 자기들이 니콜라이보다 통치를 더 잘할 것이라 상상했다. 그는 이러한 사람들을 아무리 억압해도 계속해서 수면 위로 다시 튀어나온다는 것을 잘 알고 있었다. 그리고 그는 최근에 사망한 동생 미하일 파블로비치를 떠올렸다. 괴롭고 슬픈 감정이 엄습했다. 그는 우울하게 눈살을 찌푸리고 또다시 머릿속에 떠오른 말을 속삭이기 시작했다. 그는 궁전에 들어가서야 속삭임을 멈췄다. 방으로 들어가 그는 거울 앞에서 구레나룻과 관자놀이로 흘러내린 머리카락을 정돈하고, 벗겨진 머리에 올린 부분 가발을 매만지고 콧수염을 꼬아 올린 뒤 보고를 받기 위해 집무실로 향했다.

그는 체르니쇼프를 가장 먼저 접견했다. 체르니쇼프는 니콜라이의

---

64) 니콜라이 1세의 누이.

얼굴, 특히 그의 눈빛을 보자 오늘 그의 기분이 좋지 않음을 알아챘는데, 전날 밤 있었던 그의 편력을 알았기 때문에 그 이유를 짐작할 수 있었다. 체르니쇼프와 냉랭하게 인사를 나누고 자리를 권한 후, 니콜라이는 생기 없는 시선으로 그를 쳐다보았다.

체르니쇼프가 보고할 첫 번째 사안은 병참부 관리들의 횡령 사건이었다. 다음은 프로이센 국경에서의 군대 이동 건, 다음은 새해를 맞아 내린 포상 명단에서 누락된 사람들에 대한 포상 건, 다음은 하지 무라트의 투항에 관한 보론초프의 보고 건, 마지막은 한 의과대학생이 교수를 살해하려 했던 불미스러운 사건이었다.

니콜라이는 조용히 입술에 힘을 주며 입을 꼭 다문 채, 약지에 금반지를 끼고 있는 크고 하얀 손으로 서류를 만지작거리며, 체니르쇼프의 이마와 앞머리에서 눈을 떼지 않은 채 횡령 사건에 관한 보고를 들었다.

니콜라이는 모든 군인이 횡령하고 있다고 확신했다. 그는 병참부 관리들을 처벌해야 한다는 것을 알았고, 그들을 일반 병사로 강등하기로 했지만, 한편으로는 그 빈자리를 채운 놈들이 똑같은 행동을 하는 것을 막을 수 없다는 것도 알고 있었다. 횡령하는 것은 관리의 천성이고, 자신의 의무가 그들을 처벌하는 것이었기에, 지긋지긋하긴 했지만 그는 자신의 의무를 성실히 이행했다.

"우리 러시아에서 정직한 사람은 단 한 사람밖에는 없는 것 같군." 그가 말했다.

체르니쇼프는 러시아의 그 단 한 사람이 니콜라이 자신을 뜻하는 것임을 알아채고는 동의하듯 미소를 지었다.

"정말 그렇습니다. 폐하."

"여기 놓고 가게나. 결정을 내릴 테니." 니콜라이는 서류를 책상 왼쪽에 놓으면서 말했다.

그런 다음, 체르니쇼프는 포상과 부대 이동에 대해 보고했다. 니콜라이는 포상 명단을 훑어보다가 몇몇 사람들의 이름에 줄을 긋고는, 2개 사단을 프로이센 국경으로 이동 배치하라고 간략하고도 단호하게 명령했다.

니콜라이는 1848년 사태 이후 헌법을 승인한 프로이센 왕[65]을 절대로 용서할 수 없었다. 따라서 편지와 대화를 나눌 때 처남에게 최대한 우호적인 표현을 사용했지만, 만일의 경우를 대비하여 프로이센 국경에 군대를 주둔시키는 것이 필요하다고 생각했다. 또한 이 부대는 헝가리인들이 봉기를 일으켰을 때 오스트리아를 방어하기 위해 러시아 군대를 파견했듯이, 만일 프로이센에서 민중 봉기가 일어날 경우, (니콜라이는 곳곳에서 반란이 일어날 조짐을 보았다.) 처남의 왕좌를 지키는 데 필요했다. 또한 프로이센 왕에 대한 그의 조언에 더 많은 무게감과 의미를 부여하는 데 국경에 배치한 군대가 필요했다.

---

65) 1851년 프로이센 왕은 입헌군주제를 도입하고 헌법을 제정하였다.

"그래, 내가 없다면 지금 러시아는 과연 어떤 일이 벌어질까?" 그는 또다시 생각했다.

"자, 또 다른 것은 뭔가?" 그가 말했다.

"캅카스에서 전령이 왔습니다." 체르니쇼프가 대답하면서, 하지무라트의 투항과 관련된 보론초프의 보고서를 보고하기 시작했다.

"그런가" 니콜라이는 말했다. "올해는 출발이 좋군."

"폐하의 계획이 마침내 결실을 보기 시작했습니다" 체르니쇼프가 말했다.

전략적 능력에 대한 칭찬에 니콜라이는 특히 만족했는데, 그는 자신의 전략적 능력에 대해 자부심을 느끼고 있었지만, 마음속으로는 자신에게 그 능력이 없다는 것을 알고 있었기 때문이다. 그는 자신에 대한 찬사를 좀 더 자세히 듣고 싶었다.

"그 계획을 어떻게 이해했지?" 그가 물었다.

"제 말은 비록 더디더라도 삼림을 벌채하고 식량 보급을 차단하면서 천천히 전진하자는 폐하의 계획을 진작에 따랐더라면, 캅카스는 오래전에 이미 정복되었을 것이라는 의미입니다."

"그렇지." 니콜라이가 말했다.

삼림을 벌채하고 식량 보급을 차단하면서 천천히 적지로 전진하자는 계획은 사실 예르몰로프와 벨리야미노프의 계획이었고, 니콜라이의 계획은 이와는 정반대로 샤밀의 본거지를 곧장 쳐들어가서 도둑놈들의 소굴을 궤멸시켜야 한다는 것이었다. 이러한 그의 계획은

1845년 다르고 원정에서 시행되어 수많은 인명피해를 입었다. 니콜라이는 삼림을 벌채하고 식량 보급을 차단하면서 천천히 적지로 전진하자는 계획을 자신의 공으로 삼고자 했다. 그리고 살림을 벌채하고 식량 보급을 차단하면서 천천히 전진하자는 계획을 그의 계획으로 믿게 하기 위해서는 1845년에 시행됐던 정반대의 군사 행동이 자신의 계획이었음을 감춰야만 했다. 그러나 그는 그 사실을 숨기지 않았고 서로 완벽하게 모순됨에도 불구하고 1845년의 원정과 점진적으로 나아가는 계획 모두를 자랑스럽게 생각했다. 그는 모든 증거가 명백한데도 그를 둘러싼 사람들이 쏟아내는 끝없는 아첨 때문에 자신의 모순을 보지 못하는 지경에 이르렀고, 자신의 말이나 행동을 현실에도, 논리에도, 심지어 단순한 상식에조차 맞출 수 없게 되었다. 그는 자신의 명령이 무의미하고 부당하며 상호 모순적이라도, 자신이 내린 명령이라는 이유만으로 모두 합리적이고 적합하며 상호 부합되는 것이라 믿었다.

체르니쇼프가 캅카스에 대해 보고한 다음에 올린 의과 대학 학생 사건에 관한 그의 결정도 이와 마찬가지였다.

사건의 경위는 다음과 같았다. 두 번이나 시험에 낙제한 후, 세 번째 시험에서도 또다시 낙제하자, 병적으로 신경이 과민해져 있던 청년은 판정에 부당함을 느끼고 광분한 상태에서 책상에 놓여 있던 작은 주머니칼로 교수에게 달려들어 몇 군데 상처를 입힌 것이었다.

"그의 성은 무엇인가?" 니콜라이가 물었다.

"브제조프스키입니다."

"폴란드인인가?"

"예, 폴란드 출신이며 카톨릭 신자입니다." 체르니쇼프가 대답했다.

니콜라이는 얼굴을 찌푸렸다.

그는 폴란드인에게 악행을 많이 저질렀다. 그는 자신이 저지른 악행을 정당화하기 위해 모든 폴란드인은 악당이라는 확신이 필요했다. 니콜라이는 그들을 악당이라 간주했고, 그들에게 저지른 악행에 비례하여 그들을 증오했다.

"잠시 기다리게." 이렇게 말한 뒤 그는 눈을 감고 고개를 숙였다.

체르니쇼프는 니콜라이가 중요한 문제에 관해 결정을 내려야 할 때마다, 잠시 집중하기만 하면 마치 내면의 목소리가 무엇을 해야 할지 알려 주는 것처럼 가장 올바른 결정을 저절로 내리게 된다는 것을 니콜라이에게서 몇 차례 들어 알고 있었다. 그는 이제 이 대학생의 이야기로 또다시 촉발된 폴란드인에 대한 분노를 어떻게 하면 충분히 해소할 수 있을지 생각하였고, 내면의 목소리가 다음과 같은 결정을 알려주었다. 그는 보고서를 들어 여백에다 그의 큰 손으로 다음과 같이 적었다. '사형을 구형하는 것이 마땅함. 그러나 신의 축복으로 우리나라에는 사형제도가 없음. 나는 그 제도를 도입할 생각이 없음. 두 줄로 천명이 서 있는 사람들 사이를 열두 번 지나가도록 할 것.[66]

---

66) 태형을 의미함.

니콜라이' 그는 부자연스러운 거대한 수결과 함께 서명했다.

니콜라이는 아주 건장한 남자도 오천 대의 매를 맞으면 죽어버리기 때문에, 두 줄로 천명이 서 있는 사람들 사이를 열두 번 지나가는 태형은 고통스러운 죽음을 의미하는 것뿐만 아니라 지나칠 정도로 잔인한 형벌이라는 것을 알았다. 하지만 그는 그 잔혹함이 마음에 들었고, 러시아에 사형제도가 없다는 생각에도 기분이 좋았다.

의대생에 관한 판결문을 작성한 후 체르니쇼프에게 건네주었다.

"여기 있네. 읽어 보게나" 그가 말했다.

체르니쇼프는 판결문을 읽고 그의 현명한 판결에 경이로운 놀라움을 표하기 위해 고개를 숙였다.

"학생들 모두를 광장에 소집하여 태형 집행을 참관하도록 하게." 니콜라이는 덧붙였다.

'좋은 교훈이 될 거야. 나는 이러한 혁명 정신을 뿌리째 제거해 버릴 거야.' 그는 생각했다.

"예, 그렇게 시행하도록 하겠습니다." 체르니쇼프는 이렇게 말한 후 잠시 침묵하면서 앞머리를 정돈한 후 캅카스 보고서에 관해 다시 언급했다.

"그러면 미하일 세묘노비치에게는 뭐라고 지시하시겠습니까?"

"체첸의 거주지를 파괴하고 식량 보급을 차단하라는 내 원칙을 철저하게 유지하고, 습격으로 그들을 괴롭히도록 하게." 니콜라이는 말했다.

"하지 무라트와 관련해서는 어떻게 하시겠습니까?" 체르니쇼프가 물었다.

"보론초프가 캅카스에서 그를 활용하겠다고 하지 않았는가."

"위험하지 않을까요?" 니콜라이의 시선을 피하면서 체르니쇼프가 말했다. "저는 미하일 세묘노비치가 그를 지나치게 신뢰하는 것 같아 걱정입니다."

"그럼 자네는 어떻게 생각하는데?" 니콜라이는 보론초프의 결정에 대해 트집을 잡으려는 체르니쇼프의 의도를 간파하고 날카롭게 물었다.

"저는 그를 러시아로 이송하는 것이 더 안전하다고 생각합니다."

"자네는 그렇게 생각하겠지" 니콜라이는 비웃는 듯 말했다. "그러나 나는 그렇게 생각하지 않아. 나는 보론초프의 견해에 동의하는 바네. 그렇게 쓰게."

"네, 알겠습니다." 체르니쇼프는 그렇게 말한 후, 일어서서 인사를 올리고 집무실에서 나갔다.

돌고루키도 인사를 올리고 나갔다. 그는 니콜라이의 질문에 부대 이동과 관련된 몇 마디 답변만 보고했을 뿐, 체르니쇼프의 보고 내내 말없이 있었다.

체르니쇼프 다음으로, 서부 지역 총사령관 비비코프가 임지로 떠나기 전 황제를 알현했다. 니콜라이는 러시아 정교로 개종하지 않고 저항하던 농민들에게 취한 비비코프의 조치에 대해 칭찬한 후, 복종

하지 않은 모든 자를 군사 재판으로 다스리라고 명령했다. 이는 태형을 집행하라는 말과 같았다. 그리고 그는 수천 명의 국유 농민을 황실 관영농으로 재등록한 것을 기사화한 신문사 편집장을 일개 병사로 징병하라고 지시했다.

"나는 그렇게 해야 할 필요가 있다고 생각해서 그리 결정하는 거네." 그는 말했다. "그래서 나는 논쟁을 허락지 않겠네."

비비코프는 이들 동방가톨릭교도에 대한 조치가 지나치게 가혹하다고 생각했고, 그 당시 유일하게 자유농이었던 국유 농민을 황실 관영농으로 재등록하는 것, 즉 황실 가족의 농노로 부려 먹으려는 것역시 매우 불합리하다는 것을 알았다. 하지만 반대할 수 없었다. 니콜라이의 명령을 거역하는 것은 비비코프가 40년 동안 노력하여 얻어 누리고 있는 눈부신 지위를 모두 잃는 것을 의미하기 때문이다. 따라서 그는 잔인하고 광적이며 정직하지 못한 최고 권력자의 의지에 순종하고 기꺼이 따를 준비가 되어 있다는 듯 잿빛 머리카락이 보이는 검은 머리를 공손히 숙였다.

비비코프를 내 보낸 후, 니콜라이는 자신의 의무를 잘 수행했다고 생각하며 기지개를 켜고 시계를 힐끗 쳐다본 후, 외출을 위해 옷을 갈아입으러 갔다. 그는 견장과 훈장, 그리고 띠를 두른 제복을 입고 연회장으로 나갔는데, 그곳에는 제복을 입은 남자들과 목이 깊게 파인 우아한 드레스를 입은 여자들까지 합쳐 백여 명이 넘는 사람들이 정해진 자리에 서서 그가 오기만을 초조하게 기다리고 있었다.

그는 튀어나온 가슴과 꽉 졸라맨 허리띠 위아래로 배가 불룩하게 비집어 나온 모습으로 자신을 기다리는 사람들을 생기 없는 시선으로 바라보았다. 그는 모든 시선에 두려움과 비굴함이 깃들어 있는 것을 보고 더욱 근엄한 태도를 취했다. 낯익은 사람들과 눈이 마주치면, 그는 그들이 누구였는지 떠올리며 멈춰서서 때로는 러시아어로, 때로는 프랑스어로 몇 마디 나누고는 차갑고 생기 없는 시선으로 그들을 뚫어지게 쳐다보며 그들의 대답을 들었다.

신년 인사를 나눈 후, 니콜라이는 교회로 갔다.

속세의 사람들이 그러했듯이 하나님도 그의 종을 통해 새해 인사와 찬사를 니콜라이에게 건넸고, 그는 그러한 인사와 찬사가 지겨웠지만, 자신의 의무로 받아들였다. 세상의 안녕과 행복이 그의 두 손에 달려 있으므로 이 모든 것이 그럴 수밖에 없다고 생각했으며, 그래서 지쳤지만, 세상의 도움을 외면하지 않았다. 예배가 끝날 즈음, 긴 머리를 빗어 내린 아름다운 부사제가 "만수무강하소서"라고 선창하자 성가대가 아름다운 목소리로 이를 따라 불렀다. 니콜라이는 뒤를 돌아 창가에 서 있는 어깨가 아름다운 넬리도바를 보았는데, 어젯밤 처녀와 비교해 봤을 때 넬리도바에게 더 호감이 가는 것을 느꼈다.

예배가 끝난 후, 니콜라이는 황후를 찾아가 아내와 자식들과 농담을 하며 몇 분 동안 시간을 보냈다. 그 후 예르미타시를 지나 볼콘스키 장관에게 들러 어젯밤 함께 보낸 처녀의 어머니에게 특별 기금에서 연금을 마련해 보내도록 지시했다. 그런 다음 그는 평소처럼 산책하러 나갔다.

이날 점심은 폼페이스키 홀에서 있었다. 그의 어린 아들인 니콜라이와 미하일 외에도 리벤 남작, 르제부스키 백작, 돌고루키, 프로이센 공사, 프로이센 왕의 시종무관이 초대되었다.

황제와 황후를 기다리면서 프러시안 공사와 리벤 남작은 최근 폴란드에서 들려오는 불안한 소식과 관련하여 흥미로운 대화를 나누기 시작했다.

"러시아에게 폴란드와 캅카스는 암적인 존재들입니다." 리벤이 말했다. *"각 나라마다 대략 십만 명의 병력이 필요합니다."*

그 말에 공사는 짐짓 놀란 표정을 지었다.

"폴란드를 말씀하시는 거죠." 그가 말했다.

"네, 맞습니다. 우리를 곤경에 빠트리려는 메테르니히의 교묘한 술책이었습니다. . . ."

바로 그 순간 황후가 차가운 미소를 짓고 머리를 흔들면서 들어왔고, 니콜라이가 그 뒤를 따랐다.

만찬 자리에서 니콜라이는 하지 무라트의 투항 소식과 삼림을 벌채하고 요새를 건설하여 산악민들을 압박하라는 자신의 전략이 들어맞아 조만간 캅카스 전쟁도 종식될 거라고 말했다.

공사는 프러시안 시종무관과 재빨리 시선을 교환하였는데, 아침에 그는 니콜라이가 자신을 대단한 전략가로 생각하는 치명적인 약점을 지녔다고 시종무관에게 말했었다. 하지만 공사는 그 계획이야말로 니콜라이의 위대한 전략적 능력을 또다시 입증해 주는 것이라 말하며 그의 전략을 높이 평가하였다.

만찬 후 니콜라이는 발레를 보러 갔는데, 그곳에는 수백 명의 여자가 타이즈만 입은 반나체 상태로 발레 워킹을 하고 있었다. 한 여자가 그의 눈에 띄었고, 독일인 발레 감독을 불러 격려하고 다이아몬드 반지를 감독에게 하사하라고 지시했다.

다음 날, 체르니쇼프의 보고 도중에 니콜라이는 보론초프에게 보낼 그의 명령을 재확인해 주었는데, 하지 무라트의 투항으로 그 어느 때보다 곤경에 처해 있을 체첸인들을 더욱 괴롭히기 위해 저지선을 좀 더 조이라고 명령했다.

체르니쇼프는 이러한 의미를 담아 보론초프에게 편지를 썼고, 또 다른 전령이 말들을 거세게 몰고 마부의 얼굴에 채찍질해 가면서 티플리스로 내달렸다.

16

니콜라이 황제의 명령에 따라 1852년 1월 체첸에 대한 습격이 전격적으로 시작되었다.

습격에 투입된 파견대는 4개 보병 대대, 2개 카자크 중대, 8문의 대포로 구성되었다. 부대는 종대를 지어 길을 따라 행군했다. 종대 양쪽에는 높은 장화를 신고 털가죽 반외투와 파파하를 쓴 저격병들이 어깨에 장총을 둘러메고 허리에 탄창을 찬 채 줄을 이루며 끊임없이 협곡을 오르락내리락하며 나아갔다. 부대는 적지를 이동할 때 늘 그랬듯이 가능한 한 소리를 내지 않고 이동하고 있었다. 간혹 도랑을 건널 때 총이 철커덕거렸고, 조용히 하라는 명령을 알아듣지 못하는 포병의 말이 콧김을 내뿜고 울거나, 혹은 화가 난 지휘관이 숨죽인 쉰 목소리로 종대 행렬이 너무 길게 늘어졌다느니, 종대에 너무 가깝게 붙거나 혹은 떨어졌다고 부하들을 다그치는 소리뿐이었다. 딱한 번 고요한 침묵이 깨진 순간은, 배와 엉덩이가 하얗고 등이 잿빛인 암컷 염소가 뒤로 굽어진 작은 뿔을 지닌 숫염소에게 쫓겨 횡대와 종대 사이의 가시나무 관목 덤불에서 튀어 나왔을 때이다. 겁에 질린 아름다운 동물들이 앞다리를 배에 접고 높이 뛰어올라 종대 앞까지 날아오자, 몇몇 병사들은 함성과 왁자지껄한 웃음을 터뜨리며 총검으로 찔러보려고 염소를 뒤쫓았다. 그러나 염소들은 방향을 바꿔 횡대로 늘어선 병사들 사이를 뛰쳐나갔고, 몇몇 기병과 중대의 개들이 추격했지만, 새처럼 잽싸게 산으로 달아나 버렸다.

아직 겨울이었지만 태양은 점점 더 높게 떠오르기 시작했고, 아침 일찍 출발한 파견대가 10베르스타쯤 이동한 정오 무렵에는 태양이 뜨겁게 내리 쬐어 병사들이 덥다고 느꼈다. 태양 빛이 너무나도 강렬해 총검의 강철을 보기 어려웠으며, 대포의 구리판에 반사된 빛은 마치 작은 태양처럼 눈 부셨다.

뒤에는 파견대가 방금 건너온 맑은 시냇물이 빠르게 흘렀고, 앞에는 얕은 계곡과 함께 경작지와 초지가 있었으며, 좀 더 멀리에는 숲으로 뒤덮인 신비한 검은 산들이, 그리고 그 산 너머에는 돌출된 암벽들이, 그리고 지평선 근처에는 영원히 매혹스럽고 영원히 변모하는 눈 덮인 산이 다이아몬드처럼 빛나고 있었다.

제5중대 선두에는 검은색 프록코트에 파파하를 쓰고 기병도를 어깨에 둘러멘 키 크고 잘생긴 부틀레르 장교가 행군하고 있었다. 그는 최근 근위대에서 전속한 장교로 삶의 기쁨으로 생명력을 만끽하고 있는 동시에 죽음의 위험과 활동에 대한 열망을 느끼고 있었으며, 또 한편으로는 자신이 단 하나의 의지로 통제되는 거대한 전체의 일부분임을 의식하고 있었다. 부틀레르에게는 오늘이 두 번째 전투였고, 그들이 곧 공격을 시작하여 포탄이 날아와도 그는 고개를 숙이지 않을 것이며, 탄환이 날아가는 휘파람 소리에도 주의를 기울이지 않은 채, 오히려 지난 전투 때처럼 고개를 더 꼿꼿이 들고 웃는 얼굴로 전우들과 병사들을 둘러보며 무심한 목소리로 전투와 무관한 이야기를 할 것이라고 생각했다.

파견대는 포장도로에서 벗어나 옥수수를 추수한 밭 사이에 사람들이 잘 다니지 않는 길로 접어들었다. 그들이 숲에 다가갔을 때 어디에서 날아 왔는지 모를 포탄이 휘파람 소리를 내며 수송대 한가운데로 날아와 길옆 옥수수밭에 떨어져 폭발했다.

"전투가 시작됐군." 부틀레르는 옆에서 걷고 있던 동료에게 명랑하게 웃으면서 말했다.

실제로 포탄이 날아온 직후 체첸 기마병들이 숲에서 깃발을 높이 쳐들고 떼를 지어 몰려 나왔다. 그들 무리 한가운데에 커다란 녹색 깃발이 있었는데, 중대원 중 눈이 좋은 나이든 상사가 근시인 부틀레르에게 샤밀이 직접 전투에 참여하고 있음을 알려 주었다. 한 무리가 언덕을 내려와 오른쪽에 있는 가장 가까운 골짜기 물마루에 나타나기 시작했다. 따뜻한 검은색 프록코트와 커다란 흰색 술 장식을 매단 파파하를 쓴 키 작은 장군이 부틀레르 중대로 천천히 말을 몰고 다가와, 체첸의 기병대에 맞서 오른쪽으로 이동하라고 명령했다. 부틀레르는 자신의 중대를 지시한 방향으로 틀었지만, 골짜기로 내려가기도 전에 등 뒤에서 연이은 두 발의 대포 소리를 들었다. 그는 뒤를 돌아보았다. 두 문의 대포에서 회청색 포연이 피어올라 골짜기로 퍼져 나갔다. 대포 공격을 전혀 예상하지 못했던 체첸의 기병대는 뒤로 물러섰다. 부틀테르 중대는 산악민을 뒤쫓으며 대응 사격을 했고, 골짜기 전체가 화약 연기로 뒤덮였다. 쫓아오는 카자크인들을 향해 응사하며 재빨리 퇴각하는 산악민들은 골짜기 위쪽에서만 보였다. 파견대가 산악민들을 추격하여 두 번째 골짜기 기슭에 이르렀을 때, 아울이 나타났다.

부틀레르와 그의 중대는 카자크들을 뒤따라 아울로 들어갔다. 거주민들은 아무도 없었다. 병사들에게 곡식과 건초 그리고 사클랴까지 모두 불태우라는 명령이 떨어졌다. 메케한 연기가 아울 전체로 퍼져 나갔고, 이 연기 속에서 병사들은 이곳저곳을 뒤져 사클랴에서 쓸 만한 물건들을 찾아 끌어내거나, 산악민들이 가져가지 못한 닭을 잡기도 하고 총으로 쏴 버리기도 했다. 장교들은 연기가 나는 데서 조금 떨어진 곳에 앉아 점심을 먹고 술을 마셨다. 상사가 판자에 벌집 몇 개를 담아 왔다. 더는 체첸인의 기척을 느낄 수 없었다. 정오가 조금 지나자 퇴각하라는 명령이 떨어졌다. 중대는 아울 뒤에서 종대를 이루며 퇴각하기 시작했고, 부틀레르는 종대의 맨 뒤편에 서게 됐다. 그들이 출발하자마자 체첸인들이 나타나 파견대를 뒤따르며 총격을 가했다.

파견대가 벌판으로 나오자 산악민들은 추격을 멈췄다. 부틀레르는 자신의 중대원 중 사상자가 한 명도 없었기 때문에 매우 유쾌하고 활기찬 기분으로 돌아왔다.

파견대가 아침에 건넜던 개울을 힘겹게 다시 건넌 다음 옥수수밭과 초지에 몸을 뻗고 누웠을 때, 중대의 가수들이 앞으로 나와 노래를 부르기 시작했다. 바람 한 점 불지 않았고, 공기는 신선하였으며, 하늘은 맑고 청명하여 수백 베르스타 떨어진 설산들이 매우 가깝게 보였다. 그리고 가수들의 노래가 그칠 때마다 들리는 규칙적인 발소리와 총이 부딪치는 소리가 마치 노래가 시작되고 끝날 때마다 들리는 배경음 같았다. 부틀레르의 5중대에서 부르고 있던 노래는 연대를 위해서 한 견습사관이 작곡한 곡으로 '누구와 비교할 수 있겠는가, 누구와 비교할 수 있겠는가? 샤냥꾼과 비교할 수 있는가!'라는 후렴이 있었다.

부틀레르는 한 집에서 함께 생활하며 가장 친했던 상관 페트로프 소령과 나란히 말을 타고 가고 있었는데, 그는 부틀레르가 근위대를 떠나 캅카스로 오기로 한 결정에 더없이 크게 기뻐하였다. 그가 근위대에서 이곳으로 전속된 주된 이유는 페테르부르크에서 카드 도박으로 전 재산을 몽땅 날려 빈털터리가 되었기 때문이다. 그는 근위대에서 계속 근무하면 도박의 유혹에서 벗어나지 못할 것 같아 두려웠고, 더이상 도박으로 잃을 돈도 없었다. 이제 과거의 모든 것이 끝났다. 이곳에서의 삶은 완전히 다른 삶이었고, 너무나도 멋지고 늠름한 삶이었다. 그는 지금 자신이 파산한 것도, 갚지 못한 빚이 있다는 사실도 모두 잊었다. 캅카스, 전투, 병사들, 장교들, 술고래이자 좋은 성품을 지닌 용감한 페트로프 소령, 이 모든 것이 그에게 너무나도 훌륭해서 그가 페테르부르크에 있지 않고, 즉 담배 가득한 방에서 도박판 물주를 증오하고, 숨이 막힐 듯한 두통을 느끼며 카드 끝을 접지 않고, 이 환상적인 땅에서 용맹한 캅카스인들과 함께 지내고 있다는 것이 믿어지지 않았다.

"누구와 비교할 수 있겠는가, 누구와 비교할 수 있겠는가? 샤냥꾼과 비교할 수 있는가!" 부틀레르의 중대 가수들이 노래를 불렀다. 그의 말이 음악에 맞춰 즐겁게 발걸음을 옮겼다. 중대의 텁수룩한 회색 개 트레조르카는 마치 지휘관처럼 꼬리를 말아 올리고 부틀레르의 중대 선두에서 달렸다. 부틀레르는 마음이 편안하고, 즐겁고 명랑했다. 부틀레르에게 전쟁이란 위험과 죽음의 가능성에 직면하는 것이지만, 그 대가로 포상을 받고 전장의 동료들과 러시아의 친구들에게 존경을 받게 된다고 생각했다. 그는 전쟁의 또 다른 측면인 병사, 장교, 산악민들의 부상과 죽음에 대해서는 이상하리만치 한 번도 상상해 본 적이 없었다. 그는 전쟁에 대한 자신의 시적 관념을 지키기 위해 전사자와 부상자를 보는 것도 무의식적으로 피했다. 오늘도 마찬가지였다. 아군은 세 명이 전사하고 열두 명이 다쳤다. 그는 등을 대고 쓰러진 시체 옆을 지나며 밀랍처럼 변형된 손이 이상하게 뒤틀린 것과 머리에 생긴 검붉은 점을 흘끗 보았지만, 멈춰서서 이를 자세히 보려고 하지 않았다. 산악민들은 그에게 말 탄 지기트일 뿐이었고,

그들로부터 자신을 지켜야 한다는 생각만 들었다.

"그래. 어떻게 지내나." 노래 중간에 소령이 물었다. "우로 정렬, 좌로 정렬을 외치면서 보냈던 페테르부르크하고는 다르지. 이제 우리의 일을 마쳤으니 집으로 돌아가야지. 마슈르카[67]가 피로크[68]와 맛있는 양배추 수프를 만들어 줄 걸세. 그것이 인생이지! 그렇지 않은가? 자! 이제 '여명이 시작할 때'를 부르게나" 그는 자신이 좋아하는 노래를 부르라고 명령했다.

소령은 외과 간호장의 딸로 처음에는 마시카[69]로 불리다가 마리야 드리트리예브나라는 정식 이름으로 불리는 여성과 동거하고 있었다. 마리야 드미트리예브나는 아름다웠으며 금발에 주근깨가 많은, 아직 아이가 없는 서른 살의 여자였다. 과거가 어쨌든 간에 그녀는 지금 소령의 충실한 동반자로 마치 유모처럼 그를 보살펴 주었는데, 종종 고주망태가 될 정도로 폭음을 하는 소령에게 필요한 일이었다.

요새에 도착했을 때, 모든 것이 소령이 예상한 그대로였다. 마리야 드미트리예브나는 소령과 부틀레르, 파견대에서 두 명의 장교를 초대해 맛있는 저녁을 차려 주었다. 소령은 배불리 먹고 과음하여 말을 할 수 없는 지경에 이르자 취침하기 위해 방으로 들어갔다. 부틀레르

---

67) 마리야의 애칭.
68) 러시아식 만두.
69) 마리야의 애칭.

도 피곤했지만 치히르[70]를 조금 더 마신 후 만족스러운 기분으로 방에 들어갔다. 그는 옷을 벗자마자 멋진 곱슬머리에 손을 괴고 푹 잠들었다. 그는 꿈도 꾸지 않았고 중간에 잠에서 깨지도 않았다.

---

70) 레드와인의 한 종류.

17

습격으로 황폐해진 아울은 하지 무라트가 러시아에 투항하기 전
날 밤에 묵었던 곳이었다.

하지 무라트가 신세를 졌던 사도는 러시아인이 아울로 접근하자
가족과 함께 산으로 피신했다. 아울로 돌아왔을 때, 그는 자신의 사
클랴가 완전히 파괴되었다는것을 알았다. 지붕은 무너졌고, 문과 기
둥은 불탔으며 집안은 엉망진창이었다. 그의 아들은, 하지 무라트를
열광적인 눈빛으로 바라보던 빛나는 눈을 가진 잘생긴 그 소년은, 시
체가 되어 부르카를 덮은 말 등에 실려 사원으로 옮겨졌다. 그는 총
검에 등을 찔렸다. 하지 무라트가 머물렀을 때, 그를 살뜰히 챙겨 주
었던 단정했던 여인은 윗옷 앞부분이 찢어져 늙고 처진 앞가슴이 드
러나고 머리카락이 산발이 된 채로 아들의 주검 앞에 서서 피가 날
때까지 얼굴을 할퀴며 하염없이 울부짖었다. 사도는 곡괭이와 삽을
들고 친척들과 함께 아들의 무덤을 파러 갔다. 늙은 할아버지는 폐허
가 된 사클랴 벽에 기대어 멍하니 앞을 바라보며 지팡이를 깎고 있었

다. 그는 지금 막 양봉장에 다녀오는 길이었다. 전에 거기 있던 건초더미 두 개도 타 버렸고, 그가 심고 가꿨던 살구나무와 벚나무도 부러지고 불에 타 버렸으며, 무엇보다도 벌통과 벌까지 모두 다 불타 버렸다. 모든 집에서 여인들의 울부짖음이 들렸고 광장에 두 구의 시체가 더 운반되었다. 어린애들은 엄마를 따라 함께 울부짖었다. 아무것도 먹지 못해 배고픈 소들도 울부짖었다. 좀 더 큰 어린애들은 노는 것을 멈추고 놀란 눈으로 어른들을 바라보았다.

우물도 고의로 오염시켜 물을 길을 수 없었다. 사원도 역시 더럽혀져서 물라[71]와 그의 사제들이 청소하고 있었다.

늙은 가장들이 광장에 쪼그려 앉아 모여 그들의 처지에 대해 의논했다. 러시아를 증오하는 목소리는 없었다. 남녀노소를 불문하고 체첸인들이 경험하는 감정은 증오 그 이상의 것이었다. 그것은 증오가 아니라, 이 개만도 못한 러시아인들을 인간으로 인정하지 않는 것, 그리고 그 짐승들이 저지른 어이없는 잔혹함에 대한 혐오와 역겨움, 그리고 황당함이었다. 따라서 쥐, 독거미, 늑대를 박멸하듯 러시아인들을 박멸하고 싶은 그들의 욕망은 생존 본능만큼이나 자연스러운 것이었다.

아울의 주민들에게는 두 가지 선택만이 남아 있었다. 하나는 마을에 남아 그토록 엄청난 노력을 쏟아부어 만들었지만, 러시아인들에

---

71) 이슬람교의 율법학자.

의해 너무나도 쉽고 무의미하게 황폐화 된 마을을 복구하여 어느 시점에 또다시 반복될지 모를 재난에 노심초사하는 것이었고, 다른 하나는 종교적인 율법과 러시아인들에게 느끼는 혐오와 경멸의 감정에는 반하지만 러시아에게 항복하는 것이었다.

노인들은 기도를 마친 후, 샤밀에게 도움을 청하는 사절을 보내기로 만장일치로 결정했다. 그리고 그들은 곧바로 폐허가 된 마을을 재건하기 시작했다

18

  습격이 있고 사흘째 되는 날, 부틀레르는 아주 이르지 않은 아침에 뒷문을 통해 거리로 나섰다. 그는 평소처럼 페트로프와 아침 차를 마시기 전에, 산책하며 맑은 공기를 마시고 싶었다. 이미 태양은 산 너머로 떠올라 거리 오른편에 있는 오두막집들의 하얀 담벼락에 햇볕이 눈부실 만큼 내리 쬐었지만, 이와 달리 왼쪽으로는 항상 그랬듯이 멀어질수록 높이 솟구치는 울창한 검은 산들과 협곡 너머로 항상 구름인 척하는 눈 덮인 산들이 보여 유쾌하고 마음이 안정되었다.

  부틀레르는 산을 바라보며 숨을 깊게 들이마시고는 자신이 살아 있다는 사실에, 특히 이렇게 아름다운 세계에 살고 있다는 사실에 행복했다. 그는 어제 습격할 때와 특히 퇴각할 때 전투가 치열했음에도 불구하고 임무를 잘 수행했다는 사실에 기분이 좋았다. 또한 전투를 마치고 돌아온 저녁에 마샤 혹은 마리야 드미트리예브나라 불리는 페트로프의 동거녀가 음식을 차려 주고 소박하고 친절하게 그들을 맞아 주었는데, 특히 자신을 더 다정하게 챙겨 준 것을 떠올리자 행복감을 느꼈다. 굵게 땋은 머리, 넓은 어깨, 봉긋 솟은 풍만한 가슴,

주근깨 있는 선량한 얼굴에 밝은 미소를 짓는 마리야 드미트리예브나의 모습에 젊고 정력적인 총각 부틀레르가 매혹되지 않을 수 없었고, 그녀가 그를 원하고 있을지도 모른다는 생각까지 해 보았다. 그러나 그는 선량하고 순박한 동지를 욕보이는 것으로 생각하여 마리야 드미트리예브나에게 소박하면서도 공손한 태도를 취했고, 그러한 자신의 행동에 만족감을 느꼈다. 그는 지금 그러한 생각을 하고 있었다.

그의 상념은 앞쪽 먼지 자욱한 도로에서 일어나는 수많은 말의 요란스러운 말발굽 소리에 끊겼는데, 실제로 여러 사람이 말을 몰고 다가오고 있었다. 그는 고개를 들어 길 끝에서 걸어오고 있는 소규모 기마병 무리를 보았다. 스무 명쯤 되는 카자크들 맨 앞에 두 남자가 말을 타고 있었다. 한 명은 흰색 체르케스카를 입고 높은 파파하에 터번을 두르고 있었고, 다른 한 명은 검게 탄 얼굴에 메부리코였으며 푸른색 체르케스카를 입고 옷과 무기에 은장식으로 도배를 한 러시아 장교였다. 터번을 두른 남자는 작은 머리와 아름다운 눈을 가진 밝은색의 밤색 말을, 장교는 키가 크고 화려한 카라바흐산 말을 타고 있었다. 말 애호가인 부틀레르는 첫 번째 말의 활기찬 기운을 그 즉시 알아채고는 이 사람들이 누구인지 알아보기 위해 발걸음을 멈췄다. 장교가 부틀레르에게 말했다.

"여기가 사령관의 집인가요?" 그는 말채찍으로 이반 마트베예비치[72]

---

72) 페트로프의 이름과 부칭.

의 집을 가리키며 말했는데, 격변화를 하지 않는 것과 그의 발음에서 러시아 출신이 아니라는 것을 알 수 있었다.

"네 맞습니다." 부틀레르가 말했다.

"그런데 저 사람은 누구입니까?" 그는 장교에게 가까이 다가가 터번을 두른 남자를 눈짓으로 가리키며 물었다.

"하지 무라트입니다. 여기로 와서 사령관 집에서 머물 것입니다." 장교가 말했다.

부틀레르는 하지 무라트에 대해 알고 있었으며, 그가 러시아에 투항한 사실도 알고 있었지만, 이처럼 작은 요새에서 그를 만나게 될 줄은 전혀 예상하지 못했다.

하지 무라트는 그를 우호적으로 쳐다보았다.

"안녕하십니까, 코시콜디.[73]" 그는 전에 배웠던 타타르어로 인사말을 건넸다.

"사우불(반갑습니다)." 하지 무라트는 고개를 끄덕이며 대답했다. 그는 부틀레르에게 다가가 두 손가락에 채찍이 걸려 있는 손을 내밀었다.

"사령관입니까?" 그는 물었다.

"아닙니다. 사령관님은 안에 계십니다. 제가 가서 모셔 오겠습니다." 부틀레르가 장교에게 말을 덧붙이고는 계단을 올라가 문을 밀었다.

---

73) '당신에게 건강과 평화'라는 인사말.

그러나 마리야 드미트리예브나가 '현관문'이라 부르는 문은 잠겨 있었다. 부틀레르가 문을 두드렸으나 응답이 없어 뒷문으로 돌아갔다. 그는 자신의 당번병을 불렀지만, 대답이 없었고 두 명의 당번병 중에서 어느 한 명도 찾을 수 없어 부엌으로 들어갔다. 머리에 머릿수건을 두르고 홍조를 띤 마리야 드미트리예브나가 소매를 걷어 올리고 통통하고 하얀 팔을 드러낸 채 파이를 만들기 위해 그녀의 팔처럼 하얀 반죽을 작은 조각으로 자르고 있었다.

"당번병들은 어디 있죠?" 부틀레르가 물었다.

"술 마시러 나갔어요." 마리야 드미트리예브나가 말했다. "무슨 일인데요?"

"현관문을 열어야 합니다. 지금 집 앞에 산악민들이 도착해 있습니다. 하지 무라트가 왔어요."

"좀 그럴싸한 이야기를 해 보세요." 마리야 드미트리예브나가 웃으며 말했다.

"농담하는 것 아닙니다. 정말입니다. 현관에 그들이 서 있어요."

"정말이에요?" 마리야 드미트리예브나가 말했다.

"제가 왜 말을 꾸며내겠습니까? 가서 보세요, 현관 앞에 서 있어요."

"놀라운 일이네요." 마리야 드미트리예브나는 소매를 내리고, 굵게 땋은 머리에 꽂은 핀을 매만지며 말했다. "그럼 제가 가서 이반 마트베예비치를 깨울게요." 그녀가 말했다.

"아닙니다. 제가 가겠습니다. 그리고 너, 본다렌코, 가서 현관문을 열어라." 부틀레르가 말했다.

"그래요, 그게 좋겠어요." 마리야 드미트리예브나가 그렇게 말한 뒤 하던 일을 계속했다.

이반 마트베예비치는 하지 무라트가 그로즈나야에 머무르고 있다는 사실을 이미 알고 있었기 때문에, 그가 방문했다는 말에 조금도 놀라지 않았다. 그는 일어나 담배를 말아 불을 붙여 피우면서 옷을 입기 시작했다. 그는 헛기침을 크게 한 뒤 이 '악마'를 자신에게 보낸 정부에 대해 험담하기 시작했다. 옷을 입은 후, 당번병에게 '약'을 가져 오라 명령했다. 당번병은 '약'이 보드카를 말하는 것임을 알기에 보드카를 가져다 줬다.

"술을 섞어 먹는 것보다 나쁜 것은 없어." 그는 보드카를 마시고 흑빵을 먹으면서 투덜거렸다. "어제 치히르를 마셨더니 머리가 깨질 것 같군. 자, 준비됐네." 그는 채비를 마치고 부틀레르가 하지 무라트와 그를 호송한 장교를 데리고 온 객실로 갔다.

하지 무라트를 호송한 장교는 이반 마트베예비치에게 좌현군 사령관의 명령서를 건네주었는데, 그 명령서에는 하지 무라트를 이송받을 것과 정찰병을 통해 그가 산악민들과 접촉하는 것을 허용할 것, 그리고 카자크의 호위 없이 절대로 요새 밖으로 나가지 못하게 하라는 지시가 적혀 있었다.

명령서를 읽고 난 후, 이반 마트베예비치는 하지 무라트를 유심히 쳐다본 후 명령서를 다시 세심히 살펴보기 시작했다. 그렇게 명령서와 그의 손님을 몇 번에 걸쳐 번갈아 쳐다본 후, 그는 마침내 하지 무라트에게 시선을 고정하고 말했다.

"야크시(좋습니다), 베크(선생)-야크시. 여기 머물도록 하십시오. 하지만 그에게 내가 그를 요새 밖으로 내보내지 말라는 명령을 받았다고 일러 주시오. 명령은 신성한 것이니까요. 그럼 어디에서 그를 지내도록 하지? 부틀레르 자네는 어떻게 생각하나?, 집무실에서 지내게 할까?"

부틀레르가 미처 대답하기도 전에, 부엌에서 나와 객실 문 앞에 서 있던 마리야 드미트리예브나가 이반 마트베예비치에게 말했다.

"왜 집무실이에요? 여기서 지내게 해요. 손님방과 식료품 저장실에서도 지낼 수 있어요. 그럼 그를 계속 감시할 수 있잖아요." 그녀는 그렇게 말하며 하지 무라트를 쳐다보았는데, 그와 눈이 마주치자 황급히 고개를 돌렸다.

"그렇습니다. 저는 마리야 드미트리예브나의 말이 옳다고 생각합니다." 부틀레르가 말했다.

"자, 자, 그만 가 봐. 여자가 나설 일이 아니야." 이반 마트베예비치가 얼굴을 찌푸리며 말했다.

대화를 나누는 동안, 하지 무라트는 단검 자루에 손을 얹고 경멸이 깃든 미소를 지은 채 앉아 있었다. 그는 어디에서 지내든 상관없다고 말했다. 다만 사령관이 허락했듯이 그에게 필요한 것은 산악민들과 접촉하는 것이며, 그리고 이를 위해 산악민들이 그에게 오는 것을 허락해 주기만 희망할 뿐이라고 말했다. 이반 마트베예비치는 그렇게 하겠노라고 대답하고, 부틀레르에게 음식과 거처할 방이 준비될 때까지 손님을 접대하라고 지시한 후, 필요한 서류를 작성하고 필요한 지시를 내리기 위해 집무실로 갔다.

새로운 사람들에 대한 하지 무라트의 반응은 그 즉시 뚜렷하게 드러났다. 하지 무라트는 첫 대면 순간부터 이반 마트베예비치에게 혐오와 경멸을 느꼈고, 그래서 늘 그를 거만하게 대했다. 그에게 음식을 만들어 가져다 줬던 마리야 드미트리예브나에게는 특별한 호감을 느꼈다. 그는 그녀의 소박함과 그에게는 낯설지만 민족적 특성이 드러난 독특함 아름다움이 마음에 들었으며, 그녀가 그에게 매혹되었다는 것이 무의식적으로 그에게 전해졌기 때문에 좋았다. 그는 그녀를 쳐다보려 하지 않았고 말을 건네지도 않았지만, 그의 두 눈은 자기도 모르는 사이에 그녀를 향하고 있었고, 그녀의 움직임을 쫓고 있었다.

부틀레르와는 첫 대면부터 친해져 많은 대화를 나눴다. 그는 부틀레르의 삶에 관해 묻기도 하고 자신의 삶에 관해 이야기해 주었으며, 정찰병들이 그의 가족이 처한 상황을 파악하고 돌아와 소식을 전했을 때는 자신이 무엇을 해야 할지 상의하기도 했다.

정찰병이 그에게 전한 소식은 좋은 소식이 아니었다. 하지 무라트가 요새에서 보낸 나흘 동안 정찰병들이 두 번 방문했는데, 두 번 모두 나쁜 소식이었다.

19

하지 무라트가 러시아에 투항하자마자 그의 가족은 베데노 아울로 끌려가 감시받으며 샤밀의 처분만을 기다리고 있었다. 파티마트 노파와 하지 무라트의 두 아내, 그리고 그들의 어린 다섯 자녀는 부대장 이브라힘 라시드의 사클랴에서 감시를 받으며 지냈고, 열여덟 살인 아들 유수프는 1사젠이 넘는 깊이의 구덩이 감옥에 앉아 있었는데, 그곳에는 그와 마찬가지로 자신의 운명을 결정하는 처분만을 기다리는 네 명의 죄수들이 갇혀 있었다.

샤밀이 자리를 비웠기 때문에 판결은 내려지지 않았다. 그는 러시아군과 전투를 치르고 있었다.

1852년 1월 6일, 샤밀은 러시아군과 전투를 치른 후 베데노로 돌아왔는데, 러시아군의 의견에 따르면 샤밀은 전투에서 대패하여 베데노로 도망쳤던 것이고, 샤밀과 뮤리트의 의견에 따르면 샤밀이 승리하여 러시아군을 몰아냈던 것이다. 이번 전투에서 샤밀은 매우 이례적으로 직접 권총을 쏘기도 했고 기병도를 뽑아 들고 러시아군을 향해 곧장 말을 몰려고도 했는데, 동행했던 뮤리트들의 만류로 제지

되었다. 그들 중 두 명은 샤밀 바로 옆에서 사망하였다.

정오쯤, 기마 곡예를 부리고 권총과 소총을 쏘며 〈라 일라하 일 알라〉를 계속해서 부르는 일군의 뮤리트들에 둘러싸여 샤밀이 거주지로 돌아오고 있었다.

큰 아울인 베데노의 모든 주민은 그들의 통치자를 맞이하기 위해 거리로 나오거나 지붕 위에 서 있었으며, 마찬가지로 승리의 표시로 소총과 권총을 쏘아댔다. 샤밀은 흰색 아라비아산 말을 타고 있었는데, 집이 가까워지자 기쁜 마음으로 고삐를 잡아당기고 있었다. 마구는 매우 소박하여 금이나 은장식이 하나도 없었다. 가운데 홈을 파섬세하게 가공한 붉은 가죽 굴레와 컵 모양의 금속 등자 그리고 안장 밑으로 보이는 붉은색 담요가 전부였다. 이맘은 모피를 안에 댄 갈색 나사 외투를 입고 있었는데 목깃과 소맷동에는 검은색 모피가 달려 있었다. 길고 호리호리한 몸은 단검이 달린 검은색 허리띠로 바짝 동여맸다. 머리에는 위가 평평하고 검은색 술이 달린 높은 파파하를 썼는데, 흰색 터번으로 파파하를 두르고 그 끝자락을 목 뒤로 늘어뜨렸다. 발에는 녹색 추뱌키를 신었고, 두 종아리에는 간단한 술로 장식된 검은색 스타킹을 차고 있었다.

보통 이맘은 반짝이는 금이나 은을 장식으로 사용하지 않았는데, 큰 키와 꼿꼿한 자세 그리고 강인한 자태에 소박한 옷을 입고 있는 그의 모습은, 옷과 무기에 금과 은장식을 하고 그를 에워싼 뮤리트들과 비교할 때 위엄있는 인상을 자아냈다. 이는 그가 원하는 바로, 그는 사람들에게 이러한 인상을 자아낼 줄 알았다. 작은 눈을 항상 가늘게 뜨고 다듬어진 붉은색 수염으로 전체적인 윤곽을 이루고 있는 그의 창백한 얼굴은 마치 돌덩이처럼 움직임이 없었다. 아울을 지나가면서 그는 수천 개의 시선이 그를 향하고 있다는 것을 느꼈지만, 그는 그 누구에게도 눈길을 주지 않았다. 하지 무라트의 아내들과 자녀들은 사클랴에서 같이 지내는 사람들과 함께 개선하는 이맘을 보기 위해 회랑으로 나왔다. 다만 하지 무라트의 어머니인 파티마트 노파만이 나오지 않고 평소처럼 사클랴 바닥에 앉아 헝클어진 회색 머리에 긴 팔로 야윈 무릎을 감싸 안고 새까만 눈을 깜빡이며 벽난로에서 타고 있는 통나무를 쳐다보고 있었다. 아들처럼 그녀도 샤밀을 증오했으며, 지금은 그 어떤 때보다 더 그를 혐오했기 때문에 보고 싶지 않았다.

하지 무라트의 아들도 샤밀의 개선을 보지 못했다. 그는 어둡고 악취가 나는 구덩이에서 노랫소리와 총소리만을 들으며, 생이 충만했던 젊은이가 자유를 빼앗겼을 때 느끼는 고통을 그도 있는 그대로 경험하고 있었다. 악취가 나는 구덩이에 앉아 서로를 증오하고 있는 불행하고 더럽고 기진맥진해 버린 사람들을 보고 있자니 그는 신선한 공기와 햇살, 자유를 즐기면서 통치자 주변에서 곡예를 부리듯 말을 몰며 총을 쏘고 〈라 일라하 일 알라〉를 부르는 사람들이 너무나도 부러웠다.

아울을 지나서 샤밀은 넓은 마당으로 들어갔는데, 그곳은 샤밀의 세랄[74]이 있는 안뜰과 인접해 있었다. 첫 번째 마당의 바깥 대문에서 무장한 두 명의 레즈긴인이 샤밀을 맞았다. 그곳에는 사람들로 가득했다. 개인적인 일로 먼 곳에서 찾아온 사람들도 있었고, 청원자도 있었으며, 재판과 선고를 위해 샤밀이 직접 소환한 사람들도 있었다. 샤밀이 들어오자, 마당에 있던 모든 사람은 기립하여 가슴에 두 손을 얹고 이맘에게 공손히 인사했다. 어떤 이들은 샤밀이 바깥 대문에서 마당을 가로질러 안뜰의 대문으로 말을 타고 지나가는 내내 무릎을 꿇고 있었다. 샤밀은 기다리던 수많은 사람 중에서 그를 불쾌하게 만드는 사람과 관심을 기울여 달라고 요구하며 그를 지치게 하는 청원자도 많다는 것을 알았지만, 그는 변함없이 돌덩이 같은 얼굴로 그들 옆을 지나쳐 안뜰로 들어가 대문 왼쪽에 있는 거처 회랑 앞에서 말을 멈췄다.

전투의 압박감 후에 그는 육체적이라기보다는 정신적인 중압감을 느꼈는데, 왜냐하면 대중들에게 승리로 인식된 이번 전투가 사실상 패전임을 그는 알고 있었고, 수많은 체첸의 아울이 불타거나 파괴되어 변덕스럽고 가벼운 체첸인들이 동요하고 있으며, 그들 중 일부는 특히 러시아군과 인접해 있는 자들은 당장이라도 러시아로 투항할 태세라는 사실을 알고 있었기 때문이다. 이 모든 것이 어려운 일이었고 대책도 마련해야 했지만, 그 순간 샤밀은 아무것도 하고 싶지 않

---

74) 동방의 궁전.

앉고, 또한 아무것도 생각하고 싶지 않았다. 그가 지금 원하는 것은 휴식과 그의 아내 중 그가 가장 총애하는 검은 눈동자에 행동이 민첩한 열여덟 살 아미네트의 친근한 애무뿐이었다.

그러나 아내들의 숙소와 남자들의 숙소를 구분하는 안쪽 뜰 울타리 뒤에 있는 아미네트를 지금 만나는 것은 생각조차 할 수 없는 일이었고, (샤밀은 말에서 내릴 때 아미네트가 다른 아내들과 함께 울타리 틈새로 쳐다보고 있었다고 확신했다.) 깃털 침대에 누워 피로를 푸는 것조차 불가능했다. 무엇보다도 그는 정오 기도를 올려야만 했는데, 비록 기도드릴 마음은 없었지만, 백성의 종교 지도자로서 그 역할을 이행하지 않는 것은 불가능했으며, 또한 기도는 그에게 매일의 양식과도 같았기 때문이다. 그래서 그는 세정식을 하고 기도를 드렸다. 기도를 마친 후 그는 기다리는 사람들을 불러들였다.

가장 먼저 들어온 사람은 그의 장인이자 자신의 선생님이었던 제말-에딘이었다. 그는 키가 크고 잿빛 머리카락에 눈처럼 하얀 턱수염을 길렀으며, 혈색이 좋아 얼굴이 불그레했다. 노인은 기도를 드린 후 샤밀에게 전투에 관해 묻고 난 다음, 그가 떠나 있는 동안 산에서 무슨 사건이 있었는지 이야기했다.

노인은 온갖 사건들—피의 복수로 일어난 살인, 가축 절도, 담배와 술을 금지하는 타리카트[75] 위반—을 보고했고, 하지 무라트가 가족

---

75) 이슬람 신비주의 공동체가 준수하는 계율.

을 러시아로 빼돌리기 위해 사람을 보냈다가 발각되어, 현재 그의 가족을 베데노로 데려와 샤밀의 처분을 기다리면서 감시하고 있다고 말했다. 노인들은 이 문제를 논의하기 위해 쿠나크 방에 모여 있는데, 제말-에딘은 그들이 사흘 동안이나 처분을 기다렸기 때문에 오늘 안에 그들을 되돌려 보내야 한다고 조언했다.

샤밀은 자기 방에서 자이데트가 가져온 저녁 식사를 했다. 그녀는 샤밀의 첫 번째 부인으로 뾰족한 코에 피부가 검고 못생겼는데, 샤밀은 그런 그녀를 좋아하지 않았다. 저녁 식사를 마친 후 샤밀은 쿠나크 방으로 갔다.

그의 자문 위원단은 모두 여섯 명이었는데, 희거나 잿빛 혹은 붉은 수염을 기른 노인들이 터번을 두르거나 두르지 않은 높은 파파하를 쓰고 있었으며, 새로운 베시메트에 체르케스카를 입고 허리띠에 단검을 차고 있었다. 샤밀이 들어오자 그들은 기립했는데, 샤밀이 그들보다 머리 하나가 더 컸다. 샤밀처럼 그들 모두도 손바닥을 위로 올리고 눈을 감은 채 기도문을 외운 뒤, 두 손으로 얼굴에서 턱수염까지 쓸어내리며 합장했다. 기도가 끝나자 모두 자리에 앉았다. 샤밀은 한가운데 가장 높은 방석에 앉아 일련의 사건들에 대해 그들과 논의하기 시작했다.

범죄 혐의로 고발된 사람은 샤리아[76]에 따라 결정되었다. 즉 두 절

---

76) 이슬람 율법.

도범에게는 한 손씩 절단하도록 했고, 살인자에게는 참수형을, 그리고 세 사람은 용서해 주기로 했다. 그런 다음 주요 논제인 체첸인들이 러시아로 투항하는 것을 막을 방안에 대해 상의했다. 그들의 투항에 대응하기 위해 제말-에딘은 다음과 같은 선언문을 작성했다.

"너희에게 전능하신 신의 영원한 평화가 깃들길 바란다. 나는 러시아인들이 너희를 감언이설로 투항하라 권하고 있다는 것을 들었다. 그들을 믿지 말고, 항복하지도 말고 인내하라. 만일 이번 생에 보상을 받지 못한다면, 다음 생애에는 보상을 받을 것이다. 너희가 무기를 빼앗겼을 때, 무슨 일이 있었는지 기억하라. 1840년에 만일 신이 너희를 일깨워 주지 않으셨다면 너희들은 군인이 되어 단검 대신 총검을 들었을 것이고, 너희들의 아내들은 바지가 벗겨진 채 치욕스러운 일을 당했을 것이다. 과거를 통해 미래를 판단하라. 이교도들과 함께 사느니 러시아인들과 원한을 품고 죽는 것이 더 낫다. 인내하라, 그러면 내가 코란과 칼을 들고 너희에게 가 러시아군과 맞서 싸울 것이다. 이에 나는 러시아에 투항하는 것뿐만 아니라 그런 생각을 하는 것조차 금지하노라."

샤밀은 이 선언문을 승인하고 서명한 후, 포고령을 발송하라고 명령했다.

일련의 문제를 처리한 후, 하지 무라트 문제를 논의하였다. 이 사안은 샤밀에게 매우 중요한 문제였다. 그는 인정하고 싶지 않았지만 명민하고 대담하며 용맹한 하지 무라트가 그의 편에 남아 있었더라면 지금 체첸에서 일어나고 있는 일들이 절대 일어나지 않았으리라는 것을 알았다. 하지 무라트와 화해하여 그를 또다시 이용하는 것이 가장 좋은 방안이었지만 그것이 불가능하다면, 그가 러시아를 돕도록 허용해서는 안 될 일이었다. 따라서 어떻게 해서라도 반드시 그를 불러들여 죽여야만 했다. 이를 위해 티플리스로 자객을 보내 그곳에서 죽이거나 아니면, 그를 이곳으로 불러들여 죽여야 했다. 그를 불러들일 유일한 수단은 가족이었고, 그중에서도 그의 아들이었는데, 샤밀은 하지 무라트가 아들을 한없이 사랑하고 있음을 알고 있었다. 따라서 그의 아들을 이용해서 그를 움직이게 해야 했다.

이와 관련하여 자문 위원들이 토론하는 동안, 샤밀은 두 눈을 감고 침묵했다.

자문 위원들은 샤밀의 행동이 뜻하는 바를 알고 있었는데, 이는 샤밀이 어떻게 행동해야 할지를 알려 주는 예언자의 음성을 듣고 있음을 의미했다. 오 분가량 엄숙한 침묵이 흐른 뒤 샤밀은 평소보다 더 가늘게 눈을 뜨며 말했다.

"하지 무라트의 아들을 데리고 오게."

"이미 여기에 있습니다." 제말-에딘이 말했다.

실제로 하지 무라트의 아들 유수프는 이미 바깥마당의 대문에서 부름을 기다리고 있었다. 그는 야위고 창백했으며, 누더기를 걸친 몸에서는 악취가 났지만, 얼굴과 체격 모두 훌륭했고 할머니 파티마트를 닮아 검은 눈동자가 불타올랐다.

샤밀에 대한 유수프의 감정은 아버지와 달랐다. 그는 과거의 일에 관해 알지 못했고, 알았다 하더라도 자신이 직접 경험한 것이 아니었기에 아버지가 그토록 완고하게 샤밀과 적대적으로 맞서고 있는 이유를 이해할 수 없었다. 그는 다만 훈자흐에서 나이브의 아들로서 누렸던 편안하고 방탕한 삶으로 되돌아가기만을 바랄 뿐이었다. 따라서 그는 샤밀과 반목할 필요가 전혀 없다고 생각했다. 오히려 그는 아버지에 대한 반감과 반항으로 샤밀을 존경했으며, 산악민들 사이에서 널리 퍼진 것처럼 그를 열렬히 숭배하기까지 했다. 이맘에 대한 떨리는 경외심과 특별한 감정을 품은 채, 그는 쿠나크의 방 안으로 들어가 문 앞에 멈춰 섰고, 실눈을 뜬 샤밀의 집요한 시선과 마주쳤다. 그는 잠시 서 있다가 샤밀에게 다가가 손가락이 길고 커다란 그의 하얀 손에 입을 맞췄다.

"너가 하지 무라트의 아들인가?"

"그렇습니다. 이맘."

"네 아비가 무슨 일을 저질렀는지 아는가?"

"네, 알고 있습니다, 이맘. 유감스럽게 생각하고 있습니다."

"글을 쓸 줄 아는가?"

"저는 물라가 되기 위해 공부하고 있습니다."

"그럼 네 아비에게 이렇게 편지를 쓰도록 해라. 만일에 네 아비가 바이람[77] 때까지 돌아온다면 그를 용서할 것이고, 모든 것을 예전처럼 돌려놓을 거라고 말이야. 그런데 만일 돌아오지 않고 러시아에 계속 남아 있는다면. . . ." 이렇게 말하면서 샤밀은 얼굴을 무섭게 찡그렸다.

"너의 할머니와 어머니는 아울에 넘겨 버리고, 네 목을 잘라 버리겠다고."

유수프는 얼굴 근육 하나 꿈틀거리지 않고 샤밀의 말을 알아들었다는 표시로 고개를 숙였다.

"그렇게 써서 내 전령에게 주도록 해라."

샤밀은 침묵한 채 오랫동안 유수프를 쳐다보았다.

"이렇게 쓰거라. 내가 너를 불쌍하게 여겨 죽이지는 않겠다. 다만, 모든 배신자에게 그랬듯이 너의 두 눈을 뽑아 버릴 것이다. 전령에게 가거라."

유수프는 샤밀 앞에서는 침착했지만, 쿠나크의 방에서 나가자마자 그를 이송하는 자를 덮쳐 그의 칼집에서 단검을 뽑아 자살하려 했다. 하지만 이송병들이 유수프의 팔을 잡아 결박하고 다시 구덩이 감옥으로 데려갔다.

그날 밤, 저녁 기도를 끝내고 땅거미가 질 무렵 샤밀은 흰 모피 코트를 입고 울타리를 건너 아내들이 거처하는 안뜰을 지나 아미네트

---

77) 이슬람교 축제.

의 방으로 향했다. 그러나 아미네트는 방에 없었다. 그녀는 샤밀의 늙은 아내들과 함께 있었다. 다른 아내들의 눈에 띄고 싶지 않았던 샤밀은 방문 뒤에 몸을 숨기고 서서 그녀를 기다렸다. 그러나 아미네트는 샤밀이 실크 천을 자기가 아니라 자이데트에게 준 것 때문에 화가 나 있었다. 그녀는 샤밀이 방에서 나와 그녀의 방에 들어가 자신을 찾는 것을 보았지만, 일부러 돌아가지 않았다. 그녀는 자이데트 방문 앞에 서서 오랫동안 흰 형체가 그녀의 방을 들락날락하는 것을 보며 조용히 미소 지었다. 헛되이 그녀를 기다리던 샤밀은 자정 기도 시간이 되어서야 자신의 거처로 되돌아갔다.

20

　하지 무라트는 요새에 있는 이반 마트베예비치의 집에서 일주일을 보냈다. 마리야 드미트리예브나는 털보 하네피(하지 무라트는 하네피와 옐다르 두 명만 데려왔다.)와 다투면서 한번은 부엌에서 그를 밀쳐내 하네피가 그녀를 찌를 뻔한 일이 있었지만, 분명 하지 무라트에게만은 존경심과 동정심이라는 특별한 감정을 느끼고 있었다. 그녀는 옐다르에게 하지 무라트의 식사를 맡겼기 때문에 더 이상 저녁을 차리지는 않았지만, 그를 만날 수 있을 때마다 언제나 그를 기쁘게 하려 노력했다. 또한 그녀는 그의 가족과 관련된 협상에도 상당한 관심을 기울이면서 아내와 자식이 모두 몇 명이고, 그들이 몇 살인지 알고 있었으며, 정찰병이 올 때마다 그 사람이 누구든 상관없이 협상의 결과에 관해 물어보았다.

　이 일주일 동안 부틀레르는 하지 무라트와 매우 가까워졌다. 때로는 하지 무라트가 그의 방을 방문했고, 때로는 그가 하지 무라트의 방을 방문했다. 때로는 통역관을 통해 대화를 나눴고, 때로는 손짓과 발짓으로, 그리고 무엇보다도 웃음으로 대화를 나눴다. 하지 무라트는 분명 부틀레르에게 푹 빠졌다. 이는 부틀레르에 대한 옐다르의 태도에서도 확인할 수 있었다. 부틀레르가 하지 무라트의 방에 들어오면, 옐다르는 하얀 이를 드러내며 반갑게 그를 맞았고, 서둘러 방석을 내 주면서 자리에 앉을 것을 청했으며, 그가 검을 차고 있으면 검을 풀어 주기까지 했다.

부틀레르는 하지 무라트의 의형제인 털보 하네피와도 친해졌다. 하네피는 산악민들의 노래를 많이 알고 있었고 또 잘 불렀다. 하지 무라트는 부틀레르를 기쁘게 해 주고 싶어 하네피를 불러 자신이 좋아하는 노래를 불러 달라고 부탁했다. 하네피의 목소리는 높은 테너였고, 노래에는 남다른 개성과 표현력이 있었다. 하지 무라트는 그중에서 특히 좋아하는 곡이 있었는데, 부틀레르는 그 곡의 엄숙함과 슬픈 멜로디에 깊은 감명을 받았다. 부틀레르는 통역관에게 노래의 내용에 관해 묻고 그것을 받아 적기 시작했다.

이 노래는 하네피와 하지 무라트 사이에도 있었던 피의 복수에 관한 것이었다.

가사는 다음과 같았다.

"내 무덤에 있는 흙이 마르면 당신은 나를 잊겠지요, 나의 어머니여! 묘지의 잡초가 자라 묘지를 뒤덮을 때면, 당신의 슬픔도 가라앉겠지요, 나의 늙으신 아버지여! 내 누이들 눈에서 눈물이 마를 때, 가슴에 맺혔던 슬픔도 날아갈 거예요.

하지만, 나의 형이여, 내 죽음에 대해 복수할 때까지 나를 잊지 말아 주세요. 그리고 나의 아우여, 내 옆에 눕기 전까지 나를 잊지 말아 다오.

총알이여, 뜨거운 네가 나를 죽음으로 인도했지만, 너야말로 나의 충실한 종이지 않았느냐? 흑토여, 검은 너가 나를 덮으려 하지만, 너를 말굽으로 짓밟았던 것은 나이지 않았느냐? 죽음이여, 너는 차갑지만, 내가 너의 주인이었다. 땅이 내 몸을 가져가고, 하늘이 내 영혼을 가져가리라."

하지 무라트는 이 노래를 들을 때면 항상 눈을 감았고, 끝을 길게 끌며 음이 잦아져 곡이 끝났을 때마다 러시아로 다음과 같이 말했다.

"좋은 노래이고, 현명한 노래야."

하지 무라트가 이곳에 도착한 이후, 부틀레르는 그와 그의 뮤리트들과 친해지면서 특별하고 생동감 넘치는 산악민들의 시적인 삶에 점점 더 매료되었다. 그는 베시메트와 체르케스를 구해 입고 각반까지 동여매면서 마치 산악민이 된 듯싶었고, 그들과 똑같은 삶을 살고 있다고 느꼈다.

하지 무라트가 떠나는 날, 이반 마트베예비치는 그를 배웅하기 위해 장교들을 불렀다. 몇몇 장교들은 마리야 드미트리예브나가 차를 따라주는 탁자 옆에 앉았고, 다른 장교들은 보드카와 치히르, 그리고 전채요리가 차려져 있는 탁자 옆에 앉았다. 길 떠나는 복장에 무장을 한 하지 무라트가 다리를 절뚝거리면서도 날렵하고 부드러운 걸음걸이로 방에 들어왔다.

모두 자리에서 일어나 차례로 손을 맞잡고 인사를 했다. 이반 마트베예비치는 그에게 쇼파에 앉을 것을 권했지만, 그는 고맙다고 인사하고 창문 옆 의자에 앉았다. 그는 방에 들어왔을 때 엄습했던 침묵에 조금도 당황하지 않았다. 그는 주위를 둘러보며 사람들의 얼굴 하나하나를 유심히 살펴보고는 사모바르[78]와 전채요리가 있는 테이블에 무심한 시선을 건넸다. 하지 무라트를 처음으로 본 활기 넘치는 장교 페트로콥스키는 티플리스가 마음에 드는지 통역관을 통해 물었다.

"아야(네)" 그가 말했다.

"그렇답니다." 통역관이 대답했다.

"어떤 점이 좋았나요?"

하지 무라트가 뭐라 뭐라 대답했다.

"그는 극장이 제일 좋았다고 합니다."

"그럼, 총사령관의 무도회도 좋았나요?"

하지 무라트는 얼굴을 찌푸렸다.

"어느 민족에게나 고유한 관습이 있는 법입니다. 우리 여성들은 그런 옷을 입지 않습니다." 그는 마리야 드미트리예브나를 쳐다보며 말했다.

---

78) 차를 끓이는 주전자.

"그럼 마음에 들지 않았던 것은 무엇입니까?"

"우리에게는 이런 속담이 있습니다." 그는 통역관에게 말했다. "개가 당나귀에게 고기를 주자, 당나귀도 개에게 건초를 줘 둘 다 배를 곯았다." 그는 미소 지었다. "어느 민족이나 자신의 관습이 좋은 법이지요."

대화는 거기서 멈췄다. 장교들은 차를 마시고 전채요리를 먹기 시작했다. 하지 무라트는 찻잔을 받아 앞에 내려놓았다.

"뭐 필요한 거라도? 크림을 드릴까요? 아니면 흰 빵이라도 드릴까요?" 마리야 드미트리예브나가 크림이나 빵을 권하며 말했다.

하지 무라트는 고개를 숙였다.

"자, 이제 헤어질 시간이네요!" 부틀레르가 그의 무릎을 짚으며 말했다. "언제 다시 만날 수 있을까요?"

"안녕히 계시오, 안녕히!" 하지 무라트는 웃으며 러시아어로 말했다. "쿠나크 불루르,[79] 나도 당신의 굳건한 쿠나크입니다. 이제 헤어질 시간이 되었습니다. 가자." 그는 자신이 가야 할 방향을 가리키듯 고개를 흔들며 말했다.

그때 옐다르가 어깨에 뭔가 커다란 흰색의 물체를 짊어지고 손에는 검을 든 채 방문 앞에 나타났다. 하지 무라트가 그를 손짓으로 부르자, 옐다르는 성큼성큼 다가가 그에게 하얀 부르카와 검을 건넸다.

---

79) 부틀레르를 잘못 발음함.

하지 무라트는 일어나 부르카를 받아 그의 팔에 얹고는 그것을 마리야 드미트리예브나에게 주면서 통역관에게 뭐라고 말했다. 통역관은 다음과 같이 말했다.

"당신이 이 부르카가 아름답다고 했다면서, 선물로 받아달라고 합니다."

"하지만 왜죠?" 마리야 드미트리예브나가 얼굴을 붉히며 말했다.

"그것은 우리의 아다트[80]이기에 당연합니다." 하지 무라트는 말했다.

"그럼 받을게요. 고마워요." 마리야 드미트리예브나는 부르카를 받으며 말했다. "신이 당신의 아들을 구하도록 도와주실 거예요. 울란야크시.[81]" 그녀가 덧붙였다. "가족이 모두 구출되길 바란다고 통역해 주세요."

하지 무라트는 마리야 드미트리예브나를 힐끗 쳐다보며 동의한다는 듯 고개를 끄덕였다. 그러고는 옐다르에게 검을 받아 이반 마트베예비치에게 주었다. 이반 바트베예비치는 검을 받아 통역관에게 말을 전했다.

"그에게 내 거세마를 가져가라고 전해 주게. 내가 보답으로 줄 수 있는 게 그거밖에는 없네."

하지 무라트는 필요한 것은 아무것도 없고, 받지 않겠다는 뜻으로

---

80) 관습.
81) 용감한 전사.

그의 얼굴 앞에서 손을 내저었고, 산을 가리키고 그다음 자기 심장을 가리킨 뒤 문으로 향했다. 모두 그의 뒤를 따랐다. 방안에 남은 장교들은 하지 무라트가 주고 간 검을 꺼내 칼날을 살펴보더니 이것이야말로 진짜 구르다[82] 라고 탄복했다.

부틀레르는 하지 무라트와 함께 현관까지 나갔다. 그러나 바로 이때 하지 무라트의 기지와 결연함, 그리고 민첩함이 아니었다면 죽을 수도 있었을 뜻밖의 사건이 일어났다.

쿠미크의 타쉬 키추 아울 사람들은 하지 무라트를 무척이나 존경해서, 이 유명한 전사의 얼굴이라도 보기 위해 요새로 종종 찾아왔다. 그들은 하지 무라트가 떠나기 사흘 전에 심부름꾼을 보내 금요일 기도회 때 사원에 와달라고 초청했다. 그런데 타시 키추에 사는 쿠미트의 공작들은 하지 무라트를 증오해서 그와 목숨을 건 싸움을 벌인 적도 있었다. 따라서 이 소식을 들었을 때, 공작들은 하지 무라트를 사원 안으로 절대 들여서는 안 된다고 주민들에게 공표했다. 아울 사람들은 반발했고 그들과 공작의 지지자들 사이에 싸움이 벌어졌다. 러시아군이 개입해 산악민들을 진압했고, 하지 무라트에게는 모스크에 참석하지 말라는 전갈을 보냈다. 하지 무라트는 기도회에 참석하지 않았고, 모두가 그렇게 문제가 수습되는 줄 알았다.

그러나 하지 무라트가 출발하려고 말이 서 있는 현관으로 나가는

---

82) 캅카스 지역의 명검.

바로 그 때, 부틀레르와 이반 마트베예비치도 알고 지내는 쿠미크 공작 아르슬란 칸이 이반 마트베예비치 집으로 말을 몰고 다가왔다.

그는 하지 무라트를 보자마자 허리띠에서 권총을 잡아빼 총구를 겨냥했다. 그러나 아르슬란 칸이 권총을 쏘기도 전에 하지 무라트는 다리를 절뚝거렸음에도 불구하고 고양이처럼 현관에서 그를 와락 덮쳤다. 아르슬란 칸은 발사했지만 빗나갔다. 하지 무라트는 그에게 달려들어 한 손으로는 말고삐를 낚아채고, 다른 한 손으로는 단검을 뽑아 들며 타타르어로 뭐라고 소리쳤다.

부틀레르와 옐다르는 동시에 적에게 달려들어 그의 팔을 붙잡았다. 이반 마트베예비치는 총성을 듣고 뛰쳐나왔다.

"대체 이게 무슨 짓인가 아르슬란, 내 집에서 이런 비열한 짓을 하다니" 그는 무슨 일이 벌어졌는지 파악하고는 소리쳤다. "형제여, 이건 옳지 않아, 저 멀리 들판이면 모를까, 내 집 앞에서 살인이라니, 이게 말이 되는가."

작은 체격에 검은 콧수염을 기른 아르슬란 칸은 얼굴이 하얗게 질린 채 부들부들 떨면서 말에서 내렸다. 그는 앙심이 가득한 눈으로 하지 무라트를 노려보고는 이반 마트베예비치와 함께 집으로 들어갔다. 하지 무라트는 숨을 거칠게 몰아쉬고는 미소를 짓고 말이 서 있는 곳으로 돌아왔다.

"저 사람이 왜 당신을 죽이려 했나요?" 부틀레르가 통역관을 통해 물었다.

"관습 때문입니다." 통역관이 하지 무라트의 말을 전했다. "아르슬란은 피의 복수를 맹세했습니다. 그래서 저를 죽이려 했습니다."

"그럼 만일 가는 길에 기습당하면 어떻게 합니까?" 부틀레르가 물었다.

하지 무라트는 웃었다.

"그가 만약에 나를 죽인다면, 그건 모두 알라의 뜻이겠죠. 그럼 안녕히 계십시오." 그는 다시 러시아어로 말하고는 말갈기를 붙잡은 채 배웅하러 나온 사람들을 쭉 둘러보다 마리야 드미트리예브나와 상냥한 눈빛을 교환하였다.

"안녕히 계십시오, 부인." 그는 그녀를 쳐다보며 말했다. "그동안 고마웠습니다."

"당신이 가족을 구할 수 있도록 신이, 신이 도와주실 거예요." 마리야 드미트리예브나는 반복해서 말했다.

그는 그녀의 말을 알아듣지 못했지만, 그를 동정해 주는 것이라 짐작하고 그녀에게 고개를 끄덕였다.

"당신의 쿠나크를 잊지 마시오." 부틀레르가 말했다.

"전해주십시오. 나는 그의 진정한 친구이며, 그를 절대로 잊지 않겠다고." 하지 무라트도 통역관을 통해 대답했다. 그리고 굽은 다리에도 불구하고 등자에 한 발을 얹자마자 높은 안장에 가볍게 올라타 검을 고쳐 잡고 익숙한 동작으로 권총을 매만지더니, 산악민들이 자신의 말을 탔을 때마다 드러내는 자신만만하고 호전적인 자세로 이반 바트베예비치의 집에서 출발했다. 하네피와 옐다르도 각자 자신의 말에 올라탔고, 집주인 부부와 장교들에게 작별 인사를 한 뒤 그의 뮤르시트를 뒤따랐다.

언제나 그랬듯이, 떠난 이들에 대하여 이야기하기 시작했다.

"정말 용감한 친구야!"

"아르슬라 칸에게 달려들 때는 정말 늑대 같았어, 얼굴이 확 변하던데."

"그는 우리를 배신할 거야. 사기꾼임이 틀림없어." 페트로콥스키가 말했다.

"제발, 러시아에 그런 사기꾼이 더 많으면 좋겠네요." 마리야 드미트리예브나가 갑자기 화를 내며 끼어들었다. "그는 우리와 일주일을 함께 보냈어요. 그는 정말 선량한 사람이에요." 그녀는 말했다. "예의 바르고, 현명하고, 또 공정한 사람이었어요."

"어떻게 그걸 아시죠?"

"그냥 알게 됐어요."

"사랑에 빠진 것은 아니고, 응?" 이반 마트베예비치가 방에 들어오면서 말했다. "진짜 그런가 보네."

"맞아요. 사랑에 빠졌어요. 그게 어때서요? 선량한 사람을 왜 험담하려는지 모르겠어요. 그는 타타르인이지만 좋은 사람이에요."

"맞습니다. 마리야 드미트리예브나." 부틀레르가 말했다. "맞습니다. 그를 두둔하는 것은 마땅합니다."

21

체첸과 마주한 최전선 요새에 사는 주민들의 생활은 예전과 같았
다. 습격 이후로 두 번의 경보가 발령되어 소대가 뛰쳐나가고 카자크
들과 민병들이 말을 타고 출정했으나, 두 번 모두 그들을 생포하지 못
했다. 그들은 달아나버렸고, 한번은 보즈드비젠스카야 요새에서 말
에게 물을 먹이던 카자크 한 명을 살해하고 여덟 마리의 카자크 말을
약탈해갔다. 아울을 완전히 파괴했던 마지막 습격 이후 또 다른 습격
은 없었다. 그러나 바랴틴스키 공작이 좌익 사령관으로 새로 임명된
이후 체첸에 대한 대대적인 원정이 시작되리라는 예상이 있었다.

대공의 친구이자 카바르딘스키 연대장이었던 바랴틴스키 공작은
이제 좌익 전체의 지도자가 되었다. 그는 그로즈나야에 도착하자마
자 체르니쇼프가 보론초프에게 전달했던 황제의 명령을 이행하기 위
해 파견대를 소집했다. 보즈드비젠스카야 요새에 소집된 파견대는
쿠린스코예로 향하는 도로에 진지를 구축했다. 그들은 그곳에 천막
을 치고 숲을 벌채하기 시작했다.

젊은 보론초프는 웅장한 나사천 천막에서 지냈고, 그의 아내 마리야 바실리예브나가 종종 야영지로 찾아와서 함께 밤을 보내곤 했다. 바랴틴스키와 마리야 바실리예브나의 이러한 관계는 공공연한 비밀이었는데, 궁전과 관련 없는 장교들과 병사들은 그녀를 매우 노골적으로 비난했다. 왜냐하면 그녀가 야영지에 있는 날이면 야간 정찰을 나가야 했기 때문이다. 산악민들은 종종 대포를 끌고 나와 야영지에 포탄을 쏘아 대곤 했다. 포탄 대부분은 빗나갔기 때문에 평상시에는 포격에 대해 대처할 필요가 없었지만, 산악민들이 대포를 끌고 나와 마리야 바실리예브나를 놀라게 할까 봐 병사들은 보초를 서야 했다. 한 여인을 놀라게 하지 않기 위해 매일 밤 보초를 서야 하는 것은 모욕적이고 불쾌한 일이었다. 따라서 상류층에 속하지 못한 장교들과 병사들은 외설적인 말로 마리야 바실리예브나를 험담했다.

부틀레르도 견습사관학교 시절의 옛 동료들과, 쿠린스키 연대에서 부관이나 참모부 연락장교로 복무하는 동료들을 만나기 위해, 휴가를 받아 자신이 지내던 요새를 떠나 파견대에 합류했다. 도착하는 순간부터 그는 매우 즐거웠다. 그는 폴토라츠키의 천막에서 지내면서, 그를 반갑게 맞이해 주는 여러 명의 지인을 만났다. 그는 같은 연대에서 복무해 안면이 조금 있는 보론초프에게도 찾아갔다. 보론초프는 아주 상냥하게 그를 맞았고, 바랴틴스키 공작을 소개해 주었으며, 바랴틴스키 공작 전에 좌익 사령관이었던 코즐롭스키 장군의 송별연에도 그를 초대했다.

송별연은 호화로웠다. 여섯 개의 천막을 가져와 나란히 이어서 설치했다. 천막 길이만큼 긴 식탁 위에 식기들과 술병들이 놓여 있었다. 모든 것이 페테르부르크에서 근위대로 복무하던 시절을 떠올리게 했다. 새벽 2시까지 그들은 식탁에 앉아 있었다. 식탁 중앙 한편에는 코즐롭스키가 앉았고, 맞은편에는 바랴틴스키가 앉았다. 코즐롭스키 오른편에 보론초프가 앉았고 왼편으로 그의 아내가 앉았다. 식탁 양쪽으로 카바르딘스키 연대와 쿠린스키 연대 장교들이 앉았다. 부틀레르와 폴토라츠키는 서로 옆에 앉아 근처에 앉은 장교들과 즐겁게 이야기를 나누며 술을 마셨다. 고기를 굽고 종졸들이 샴페인을 잔에 따르기 시작했을 때, 폴토라츠키가 진심 어린 걱정과 유감 섞인 표정으로 부틀레르에게 말했다.

"우리의 '그러니깐 내 말은'은 이제 비웃음거리가 될 거야."

"무슨 말이야?"

"이제 곧 연설할 텐데, 제대로 하겠어?"

"그렇지. 형제여, 총알 세례를 뚫고 적의 방어벽을 기어오르는 것과는 다르지. 게다가 옆에 귀부인과 궁전 사람들까지 있으니 오죽하겠어. 정말, 보기 민망하겠어." 장교들은 서로 수군거렸다.

엄숙해야 할 순간이 드디어 찾아왔다. 바랴틴스키는 일어나 잔을 들고 코즐롭스키를 향해 짧은 인사말을 했다. 바랴틴스키의 말이 끝나자 코즐롭스키는 일어나 다소 단호한 목소리로 연설을 시작했다.

"황제 폐하의 명에 따라, 나는 이곳을 떠나 여러분들과 헤어지게 되었습니다. 장교 여러분." 그는 말했다. "하지만 나를 항상 생각해 주십시오, 그러니깐 내 말은, 당신과 함께라는 것을. . . . 여러분, 여러분은 알고 있을 것입니다, 그러니깐 내 말은, 진실이라는 것입니다. 한 사람이 전쟁을 좌우할 수 없다는 것을요. 그러므로 내가 받은 모든 보상, 그러니깐 내 말은, 군복무로 받은 보상과 포상금, 그러니깐 내 말은, 황제 폐하의 배려로, 그러니까 내 말은, 나의 지위와, 그러니깐 내 말은, 나의 명성, 이 모든 것이 분명, 그러니깐 내 말은, (여기서 그의 음성이 파르르 떨렸다.) 나는, 그러니깐 내 말은, 모두 여러분 덕분이라고, 여러분 덕분이라고 생각합니다. 나의 형제들이여!" 주름 가득한 그의 얼굴에 주름이 더욱 깊어졌다. 그는 흐느끼더니 눈물을 쏟기 시작했다. "내 영혼 깊은 곳에서 나는 여러분에게, 그러니까 내 말은, 진심 어린 감사를 드리는 바입니다. . . ."

코즐롭스키는 더이상 말을 잇지 못하고 자리에서 일어나, 자신에게 다가오는 장교들을 껴안았다. 모두가 감동했다. 공작부인은 손수건으로 얼굴을 가렸다. 세묜 미하일로비치 공작은 입을 실룩거리며 눈을 깜빡였다. 많은 장교가 눈물을 흘렸다. 코즐롭스키를 잘 알지 못하는 부틀레르도 눈물을 참을 수 없었다. 그는 이 모든 것이 매우 만족스러웠다. 그리고서 바랴틴스키를 위해, 보론초프를 위해, 장교들을 위해, 군인들을 위해 건배를 했다. 송별연에 참석한 손님들은 와인과 그들이 좋아하는 군인다운 황홀감에 취해 만찬장을 떠났다.

산뜻하고 상쾌한 공기와 더불어 날씨는 아름답고 화창했으며, 주위는 고요했다. 사방에서 모닥불이 타오르는 소리와 노랫소리가 들렸다. 모두가 뭔가를 축하하는 것처럼 보였다. 부틀레르는 매우 행복하고 감격스러운 기분으로 폴토라츠키를 방문했다. 폴토라츠키의 막사에는 몇몇 장교들이 모여 카드 게임을 하고 있었는데, 부관이 100루블로 물주 역할을 하고 있었다. 부틀레르는 바지 주머니에 있는 지갑을 움켜쥔 채 두 번이나 천막에서 나왔지만, 결국 자신을 제어하지 못한 채 자신과 형에게 절대로 도박하지 않겠다고 했던 맹세를 어기고 도박판에 끼어들었다.

부틀레르는 한 시간도 채 지나지 않아, 온통 붉게 달아오른 얼굴에, 온몸은 식은땀에 흠뻑 젖고, 분필로 범벅이 되어 탁자에 팔꿈치를 괴고 앉아 한쪽 귀퉁이를 구긴 카드 뒷면에 판돈의 총액을 적고 있었다. 그는 너무나도 많이 잃었기 때문에 판돈의 총액을 계산하는 것이 두려웠다. 그는 계산하지 않아도 가불로 받을 수 있는 봉급을 다 합하고 거기에 그의 말을 판매한 돈을 보탠다 해도 이 낯선 부관에게 진 빚을 다 갚을 수 없다는 것을 알았다. 그는 게임을 더 하고 싶었지만, 엄중한 얼굴의 부관은 깨끗하고 하얀 손으로 카드를 내려놓더니 분필로 적어 놓은 부틀레르의 빚을 계산하기 시작했다. 부틀레르는 당황해서 잃은 돈을 지금 당장 한꺼번에 갚을 수 없어 미안하지만, 집에 가서 보내겠다고 말했다. 그리고 이러한 말을 할 때 그는 모두가 자신을 안쓰러운 듯 쳐다보고 있으며, 심지어 폴토라츠키는 그의 시선을 피한다는 것을 알아챘다. 그것이 그의 마지막 밤이었다. 그는 카드 게임을 하지 말고 자신을 초대한 보론초프한테 갔으면, '모든 것이 다 좋았을 텐데'라고 생각했다. 그러나 이제 좋기는커녕 끔찍한 일이 되고 말았다.

　동료 및 지인들과 작별 인사를 하고 집에 돌아온 그는 도착하자마자 곧장 잠자리에 들어 도박에서 돈을 잃은 자들이 그렇듯 열여덟 시간을 연속해서 잤다. 마리야 드미트리예브나는 부틀레르가 자신을 호위한 카자크에게 줄 수고비로 50코페이카를 빌려 달라고 부탁한 것과 우울한 표정과 짧은 대답으로 짐작해 볼 때, 그가 돈을 잃었다는 것을 알아챘다. 그래서 이반 마트베예비치에게 왜 부틀레르에게 휴가를 줬냐고 비난했다.

　다음날 부틀레르는 12시가 넘어서 일어나 자신이 처한 상황을 깨닫고는 자신이 방금 벗어났던 망각 속으로 또다시 빠져들고 싶었다. 하지만 그것은 불가능했다. 그는 낯선 부관에게 진 470루블을 어떻게 갚아야 할지 그 방법을 찾아야 했다. 하나의 방법은 형에게 편지를 써서 죄를 고하고, 이번이 마지막이니 형과 공동으로 소유하고 있는 제분소의 지분 중 자기 몫으로 500루블을 송금해 달라고 부탁해 보는 것이었다. 그런 다음 그는 인색한 친척 부인에게 편지를 써서 원하는 만큼 이자를 드릴 테니 500루블을 빌려달라고 부탁했다. 그리고 그는 이반 마트베예비치에게 갔는데, 사실 그보다 마리야 드미트리예브나에게 돈이 있다는 것을 알아 500루불을 빌려달라고 부탁했다.

"난 당연히 빌려 주고 싶지." 이반 마트베예비치가 말했다. "나는 지금 당장에라도 주고 싶지, 하지만 마시카는 허락하지 않을 거야. 여자들은 대체로 돈을 손에 쥔 채 놓으려 하지 않으니깐. 그나저나 이 문제를 잘 해결해야 할 텐데. 종군 매점의 상인한테는 돈이 있지 않을까?"

그러나 매점 상인에게 돈을 빌려달라고 해 봤자 빌려줄 리가 만무했다. 따라서 부틀레르를 구원해 줄 유일한 길은 그의 형이나 구두쇠 친척 부인이 돈을 부쳐주는 것뿐이었다.

22

체첸에서 소기의 목적을 달성하지 못한 하지 무라트는 티플리스로 돌아와서는 하루도 빠짐없이 보론초프 공작에게 찾아갔다. 그는 공작을 만날 수 있을 때마다 산악민 포로들을 모아서 자기 가족과 맞교환해 달라고 간청했다. 그렇지 않으면 자신은 손발이 묶인 것이나 다름없어서 샤밀을 무너뜨리고 싶어도 러시아군에 봉사할 수 없다고 말했다. 보론초프는 자신이 할 수 있는 데까지 노력해 보겠다는 막연한 약속과 아르구틴스키 장군이 티플리스에 도착하면 그때 논의하겠다며 차일피일 미루었다. 그래서 하지 무라트는 자캅카지예[83]에 있는 누하라는 작은 도시에 가서 얼마간 머물게 해 달라고 보론초프 공작에게 부탁했는데, 누하가 자신의 가족 문제와 관련하여 샤밀 및 그들 무리와 협상하기 더 편리할 거고 생각했기 때문이다. 그뿐만 아니라 이슬람 도시인 누하에는 사원이 있어 이슬람 율법에 따라 기

---

83) 아제르바이잔, 아르메니아, 그루지야 공화국과 캅카스 남부를 포함한 지역.

도를 드리기에도 편리했다. 보론초프는 이 사안에 관해 페테르부르크에 보고했지만, 답신이 오기도 전에 하지 무라트에게 누하로 떠날 것을 허락했다.

보론초프나 페테르부르크 중앙 정부에게 하지 무라트의 문제는, 그의 이야기를 알고 있는 대부분의 러시아 사람들과 마찬가지로 캅카스 전쟁의 긍정적인 전환점으로 인식되거나 혹은 단순히 흥미로운 사례로 받아들여졌다. 하지만 하지 무라트 본인에게는 특히 최근에 일어난 일들을 고려해 보면 일생일대의 전환점이었다. 그가 산에서 도망쳐 나온 것은 자기 자신을 구하기 위함과 동시에 샤밀에 대한 증오 때문이었고, 탈출 과정이 너무나도 어려워서 처음 얼마간은 목적을 달성했다는 사실에 기뻐했으며 샤밀을 공격할 계획을 세우기도 했다. 하지만 쉬울 것이라는 예상과 달리, 가족을 구출하는 것이 생각보다 훨씬 더 어렵다는 것을 알게 되었다. 샤밀은 그의 가족을 포로로 잡아서 여자들은 각 아울에 분산시켜 두고, 아들은 죽이거나 눈알을 뽑아 버리겠다고 위협했다. 이에 하지 무라트는 누하로 가서 다게스탄에 있는 추종자들의 도움을 받아, 계략을 쓰든 무력을 쓰든 간에 그의 가족을 샤밀의 손아귀에서 구출해 내고자 했다. 최근 누하에서 그를 마지막으로 찾아온 정찰병의 말에 따르면, 하지 무라트를 지지하는 아바르인들이 그의 가족을 구출해서 함께 러시아로 투항하려는 계획을 세워 놓았지만, 이 일을 감행할 인원이 너무 적은 데다 현재 베데노에 감금되어 있는 상태에서는 가족을 구출할 길이 없기 때문에 만일 가족이 베데노에서 다른 곳으로 이동하게 된다면, 그때 그들을 구출할 수 있을 거라고 말했다. 그들은 이동 중에 구출하겠다는 약속을 했다. 하지 무라트는 가족을 구출해 주는 자에게 3천 루블을 주겠다고 약속하면서 이 사실을 아바르인들에게 전하라고 정찰병에게 말했다.

누하에서 하지 무라트는 사원과 칸의 궁전에서 멀지 않은 방 다섯 개가 있는 집에서 지냈다. 이곳에서 장교들, 통역관 그리고 그의 누케르들도 함께 지냈다. 하지 무라트는 산에서 방문하는 정찰병들을 기다렸다 만나기도 하고, 허가된 지역 내에서 누하 교외로 말을 타고 나가기도 하면서 시간을 보냈다.

4월 8일, 하지 무라트가 산책을 하고 돌아와 보니, 부재중에 티플리스에서 한 관리가 도착해 있었다. 그 관리가 어떤 소식을 전하러 왔는지 무척이나 궁금했지만, 경찰서장과 장교가 기다리고 있는 방으로 가기 전에, 자기 방으로 가서 정오 기도를 올렸다. 기도를 마치고 그는 객실과 응접실로 사용하는 방으로 들어갔다. 티플리스에 온 관리는 뚱뚱한 참사관 키릴로프였는데, 그는 하지 무라트에게 12일까지 아르구틴스키 장군을 만나기 위해 티플리스로 와 달라는 보론초프 공작의 말을 전했다.

"야크시(좋소)." 화가 난 목소리로 하지 무라트가 대답했다. 그는 키릴로프가 맘에 들지 않았다.

"돈은 가지고 왔소?"

"가져왔습니다." 키릴로프가 대답했다.

"오늘부터 2주 치를 주시오." 하지 무라트는 열 손가락을 펴 보인 다음, 다시 네 손가락을 펴며 말했다.

"어서 주시오."

"지금 드릴게요."

관리는 여행 가방에서 지갑을 꺼내며 말했다. "대체 돈이 왜 필요하지?" 그는 하지 무라트가 알아듣지 못할 것으로 생각하여 경찰서장에게 러시아어로 말했지만, 하지 무라트는 이를 알아듣고는 키릴로프를 화난 표정으로 노려보았다. 키릴로프는 보론초프 공작에게 돌아가서 전달할 이야깃거리를 찾기 위해 하지 무라트와 이야기를 나누고 싶었다. 그래서 그는 돈을 꺼내면서 통역관을 통해 이곳 생활이 지루하지 않으냐고 물었다. 하지 무라트는 무기도 차지 않고 평복 차림의 작고 뚱뚱한 남자를 경멸하듯 곁눈질로 슬쩍 볼 뿐 대답하지 않았다. 통역관은 반복해서 질문했다.

"그와 이야기하고 싶지 않다고 전하시오. 돈이나 어서 달라고 하시오."

이렇게 말하고 난 뒤 하지 무라트는 돈을 세기 위해 테이블 앞에 앉았다.

키릴로프가 금화 열 닢씩 묶어놓은 것을 일곱 개 (하지 무라트는 하루에 금화 다섯 닢씩 받았다.) 꺼내 하지 무라트 앞으로 밀어 주었다. 하지 무라트는 체르케스카 소매에 금화를 집어넣고 자리에서 일어서더니, 느닷없이 참사관의 대머리를 찰싹 한 대 때리고 방에서 나가려 했다. 참사관은 벌떡 일어나더니 대령에게 감히 이런 짓을 하는 것은 용납할 수 없는 일이라고 하지 무라트에게 전하라 말했다. 경찰 서장도 이에 동의했다. 그러나 하지 무라트는 자기도 이미 알고 있다는 듯이 고개를 끄덕이더니 그냥 방에서 나가 버렸다.

"저런 인간하고 뭘 어떻게 하겠습니까?" 경찰서장이 말했다. "단도로 찌르면 다 된다고 생각하니까요. 저런 인간하고는 상종할 필요가 없어요. 갈수록 포악해지네요."

날이 어두워지자마자 눈 밑까지 바실리크를 뒤집어쓴 두 명의 정찰병이 산에서 내려왔다. 경찰서장이 그들을 하지 무라트에게 인도했다. 정찰병 중 한 사람은 우람하고 피부가 검은 타블리네츠[84]였고, 다른 한 사람은 비쩍 마른 노인이었다. 그들은 좋지 않은 소식을 전했다. 그의 가족을 구출하기로 했던 친구들이 하지 무라트를 돕는 자를 극형에 처하겠다는 샤밀의 엄포가 두려워 그만 포기하기로 했다는 것이다. 정찰병의 이야기를 듣고 난 하지 무라트는 책상다리를 한 두 무릎에 팔꿈치를 대고, 털모자를 쓴 고개를 떨구더니 한동안 침묵했다. 하지 무라트는 곰곰이 생각하고 또 생각했다. 그는 이제 생각을 정리해서 결정을 내려야 한다는 것을 알았다. 하지 무라트는 고개를 들었고, 금화 두 닢을 꺼내 각각 한 닢씩 정찰병에게 주면서 말했다.

---

84) 다게스탄 북부에 사는 산악민들을 가리키는 말.

"가라."

"뭐라고 대답할까요?"

"대답은 신이 주시겠지. 가거라."

정찰병은 일어나 나갔지만, 하지 무라트는 무릎 위에 팔꿈치를 댄 채 양탄자 위에 계속 앉아 있었다. 그는 오랫동안 앉아서 골똘히 생각했다.

'어떻게 해야 하지? 샤밀을 믿고 그에게 돌아가야 하나?' 하지 무라트는 생각했다.

'그는 여우같은 놈이야. 분명 나를 속일 거야. 설령 속이지 않는다고 해도 그 붉은 여우 같은 놈에게 항복할 수는 없지. 내가 러시아로 투항한 이상 나를 다시는 믿지 않을 거야.' 하지 무라트는 생각했다.

그는 사람에게 사로잡힌 매가 인간하고 생활하다가 다시 매들이 사는 산으로 돌아갔다는 타블리네츠의 우화가 생각났다. 매는 발에 은방울이 달린 끈을 묶은 채 돌아갔다. 따라서 다른 매들이 이 매를 받아주지 않았다. "저리 가버려." 매들이 말했다. "은방울을 달아준 곳으로 돌아가. 우리는 은방울도 끈도 없단 말이야." 그러나 매는 고향을 떠나고 싶지 않아서 계속해서 머물렀다. 그러나 다른 매들은 그 매를 받아들이지 않았고, 결국 쪼아 죽였다.

'그들도 나를 매처럼 쪼아 죽일 거야.' 하지 무라트가 생각했다.

'여기에 남아 있을까? 러시아 차르를 위해 캅카스를 정복하고, 명예와 지위 그리고 부를 얻을까?'

'그것은 가능하겠지.' 그는 보론초프를 만났을 때, 그 노인네가 아첨하던 것을 떠올리며 생각했다.

'하지만 당장 결심을 내리지 않으면, 샤밀이 내 가족을 몰살시킬 거야.'

하지 무라트는 밤새도록 생각했다.

23

한밤중에 그는 결심을 굳혔다. 그는 산으로 도망쳐서 자신에게 충성하는 아바르인과 함께 베데노로 침입하여 죽는 한이 있더라도 가족을 구출해 내겠다고 결정한 것이다. 그는 가족을 구출해서 러시아로 되돌아올지, 아니면 훈자흐로 가서 샤밀과 싸울 것인지는 아직 결정하지 않았다. 다만 지금은 러시아군에서 벗어나 산으로 가야 한다는 사실만이 중요했다. 그리고 즉시 시행에 옮기기 시작했다. 그는 베개 밑에서 면으로 만든 검은색 베시메트를 꺼내 들고 누케르가 자는 방으로 갔다. 그들은 현관 맞은편 방에 있었다. 문이 열려 있는 현관 복도로 나가자 이슬이 맺힌 달밤의 상쾌한 대기가 그를 감쌌고, 집에 딸린 정원에서는 꾀꼬리들의 울음소리가 들렸다.

하지 무라트는 현관을 가로질러 가서 누케르의 방문을 열었다. 방에는 등불이 없었는데 상현달이 창문을 비추고 있었다. 한쪽에는 탁자와 의자 두 개가 놓여 있었고, 네 명의 누케르들이 마루에 깔아놓은 양탄자와 부르카 위에서 잠을 자고 있었다. 하네피는 밖에서 말과 함께 자고 있었다. 문이 삐걱거리는 소리를 들은 감잘로는 자리에서 일어나 소리가 난 곳을 쳐다보다가 하지 무라트인 것을 확인하고는 도로 누웠다. 감잘로 옆에 누웠던 옐다르는 벌떡 일어나 명령을 기다리며 베시메트를 입기 시작했다. 쿠르반과 마고마 칸은 자고 있었다. 하지 무라트는 베시메트를 탁자에 내려 놓았는데, 베시메트 안에 있는 딱딱한 것이 탁자 나무판에 부딪혀 소리가 났다. 베시메트 안에 넣고 꿰맨 금화였다.

"이것도 꿰매두도록 해라." 하지 무라트는 오늘 받은 금화를 옐다르에게 주며 말했다.

옐다르는 금화를 받자마자 밝은 곳으로 나가 단검 아래에서 작은 칼을 꺼내 베시메트의 실밥을 풀기 시작했다. 감잘로도 일어나 책상다리를 하고 앉았다.

"그리고 감잘로 너는 소총과 권총을 손질하고 탄약을 준비하라고 젊은이들에게 전하도록 해라. 내일 우리는 멀리 떠날 거니까." 하지 무라트가 말했다.

"탄약도 있고, 총알도 있습니다. 모든 것이 잘 준비될 것입니다." 감잘로는 이렇게 말하고 나서 알아들을 수 없는 말을 중얼거렸다.

감잘로는 하지 무라트가 소총에 탄약을 채우라고 명령한 이유를 이해했다. 그는 처음부터, 그리고 시간이 지나가면 갈수록 개 같은 러시아 놈들을 가능한 한 많이 베어버리고 산으로 도망가고 싶은 열망뿐이었다. 그리고 지금 하지 무라트도 자기와 같은 생각이라는 것을 깨닫고는 만족감을 느꼈다.

하지 무라트가 방에서 나가자 감잘로는 전우들을 깨웠고, 네 사람 모두 밤새 소총과 권총, 뇌관, 부싯돌을 검사해서 불량한 것을 교체 하고, 화약통에 새 화약을 넣고, 탄약통 주머니에 기름칠한 넝마로 싼 총알을 채우고, 검과 단검의 날을 갈고, 칼날에 기름칠을 했다.

날이 밝기 전에 하지 무라트는 몸을 씻기 위한 물을 기르기 위해 다시 현관으로 나갔다. 동트기 전 현관에는 꾀꼬리들의 울음소리가 어젯밤보다 더 크고, 더 자주 들려왔다. 누케르의 방에서는 쉬익 하 고 돌에 단검을 가는 휘파람 소리 같은 것이 들렸다. 하지 무라트가 물통에 물을 길어 자기 방으로 가고 있을 때, 뮤리트들의 방에서 칼 을 가는 소리와 함께 귀에 익숙한 노래를 부르는 하네피의 얇고 톤 높은 목소리가 들려왔다. 하지 무라트는 멈춰서서 귀를 기울였다.

노래는 지기트 감자트가 용감한 뮤리트들과 함께 러시아군의 백마 떼를 탈취하여 달아난 내용이었다. 러시아 공작은 테레크강 뒤편으 로 감자트 일행을 추격해 와서는 러시아 군사들로 그들을 숲처럼 에 워싸 버렸다. 이에 감자트는 백마들을 모두 베어버린 후 피투성이의 말시체 더미 뒤에서 뮤리트들과 함께 소총에 탄환이 남아 있고, 허리 에 단검이 있는 한, 그리고 혈관에 피가 흐를 때까지 러시아인과 싸 웠다. 감자트는 죽음을 맞기 전 하늘에 떠 있는 새를 보고 소리쳤다. "하늘에 있는 새여, 우리 집으로 날아가 우리 여동생과 어머니 그리 고 순수한 처녀들에게 우리 모두는 성전을 치르다 전사했노라고 전해다오. 우리의 육신은 무덤에 묻히지 못해 탐욕스러운 늑대가 우리의 살을 찢어발기고, 뼈를 갉아 먹으며, 검은 까마귀 떼가 우리의 눈을 쪼아 먹는다고 전해다오.”

이와 같은 내용을 담은 노래는 애절한 선율을 띠며 끝났고, 마지막 가사에 이어 쾌활한 마고마 칸의 활기찬 목소리가 들렸는데, 그는 마지막에 “라 일라하 일 알라”하고 큰 목소리로 외치면서 날카로운 소리를 질러댔다. 그러고 난 뒤 사방이 고요해졌고, 정원에 있는 꾀꼬리들의 울음소리와 문 뒤에서 칼을 가는 소리, 그리고 가끔 돌 위로 칼이 재빠르게 갈리는 소리만이 이따금 들릴 뿐이었다.

하지 무라트는 깊은 상념에 몰두해 있는 바람에 물통이 기울어져 물이 흘러내리는 것조차 몰랐다. 그는 고개를 흔들고는 자기 방으로 들어갔다.

아침 기도를 마친 후 하지 무라트는 무기를 점검하고 침대에 걸터앉았다. 그가 할 일은 아무것도 없었다. 외출하려면 경찰서장의 허가가 있어야 했다. 하지만 여전히 밖은 어두웠고 경찰서장은 자고 있었다.

하지 무라트는 하네피의 노래를 듣고 어머니가 지은 노래가 떠올랐다. 그 노래는 하지 무라트가 태어났을 때 실제 있었던 사건을 노래한 것으로, 그는 어머니에게서 그 이야기를 자주 듣곤 했다.

노래는 다음과 같다.

“강철로 만든 그대의 단검이 내 흰 가슴을 찔렀지만, 나는 나의 작은 태양, 나의 아들을 그 상처에다 품고 뜨거운 피로 그를 씻어 주었네, 그러자 상처는 약초도 뿌리도 없이 아물었다네, 나는 죽음을 두려워하지 않았고, 훗날 지기트가 될 나의 아들도 죽음을 두려워하지 않으리라."

이 노래의 가사는 하지 무라트의 아버지에 관한 것이었다. 하지 무라트가 태어났을 때 칸의 아내도 둘째 아들 움마 칸을 낳았다. 따라서 그녀는 하지 무라트의 어머니를 유모로 삼으려 했다. 하지 무라트의 어머니는 칸의 장남인 아부눈찰도 키웠었다. 그러나 파티마트는 하지 무라트 곁을 떠나기 싫어 부름에 응하지 않았다. 하지 무라트의 아버지는 화를 내며 유모로 가라고 명령했다. 그녀가 또다시 거절하자, 하지 무라트의 아버지는 단검으로 그녀를 찔렀고, 주위 사람들이 그녀를 데리고 가지 않았더라면 그녀는 아마 목숨을 잃었을 것이다. 그리하여 그녀는 아들 곁에서 떨어지지 않고 그를 키울 수 있었다. 그녀는 이러한 내용을 담아 노래를 지었다.

하지 무라트는 어머니가 털외투를 입고 사클랴 지붕 위에서 아들을 재우면서 이 노래를 자주 불러 줬던 것과, 어머니에게 상처 흔적을 보여달라고 조르던 것을 떠올렸다. 지금 어머니가 눈앞에 생생하게 보이는 듯했다. 그것은 산중에 두고 온, 백발에 주름지고 이가 빠진 노인네가 아니라 젊고 아름다우며, 다섯 살이 되어 무거워진 하지 무라트를 광주리에 넣고 등에 짊어진 채로 산을 넘어 할아버지에게 갔을 정도로 무척이나 강인했던 여인이었다.

그리고 하얀 턱수염에 주름이 있는 할아버지도 떠올랐는데, 은 세

공사였던 할아버지는 근육질의 손으로 은을 새기면서 손자에게 기도문을 외우라고 시키곤 했다. 그는 어머니의 샤로바리를 붙잡고 물을 길으러 산 아래 샘터에 다니던 것도 생각이 났다. 그의 얼굴을 핥던 깡마른 개도 기억나며, 또한 어머니를 따라 헛간에 가서 소젖을 짜고 우유를 끓일 때 풍기던 시큼한 냄새와 연기도 떠올랐다. 그는 어머니가 난생처음으로 머리를 깎아 주었던 것도 생각났는데, 벽에 걸어 놓은 반짝이는 구리 대야에 자신의 동그랗고 푸르스름한 작은 머리가 비친 것을 보고 깜짝 놀랐었던 것이 떠올랐다.

유년 시절을 떠올리자, 그는 자신이 직접 머리를 처음으로 깎아주었던 아들 유수프도 생각났다. 이제 유수프는 젊고 잘생긴 지기트로 성장하였다. 그는 아들을 마지막으로 보았을 때를 떠올렸다. 그날은 그가 첼메스를 떠나던 날이었다. 아들은 자신의 말을 끌고 와서는 자기도 함께 데려가 달라고 부탁했다. 그는 옷을 챙겨 입고 무장도 갖춘 채 말고삐를 잡고 있었다. 유수프의 혈색 좋고 잘생긴 젊은 얼굴과 큰 키에 호리호리한 몸(그는 하지 무라트보다 더 컸다.)은 젊음의 용기와 생의 기쁨이 넘쳐났다. 그의 나이에 비해 떡 벌어진 어깨와 넓고 젊은이다운 골반, 호리호리한 몸매와 길고 강인한 두 팔, 그의 동작에 깃들어 있는 강인함과 유연함, 그리고 민첩함은 보기에 훌륭했으며, 아버지는 항상 그의 아들을 자랑스러워했다.

"넌 그냥 남는 게 좋겠다. 집에는 이제 너밖에 없으니까 말이다. 어머니와 할머니를 잘 보살펴드리거라." 하지 무라트는 말했다.

그리고 하지 무라트는 자신이 살아 있는 한 그 누구도 어머니와 할머니를 해치지 못하게 하겠노라고 얼굴을 붉히며 말하던 아들의 용기와 자신감에 가득 찬 표정을 떠올렸다. 유수프는 말에 올라타 시냇가까지 아버지를 배웅하고 돌아갔다. 그 후로 하지 무라트는 아내도, 어머니도, 그리고 아들도 만나지 못했다.

그런데 샤밀이 아들의 눈을 뽑아버리겠다고 하다니! 아내에게 어떤 일이 벌어질지는 생각조차 하기 싫었다.

이런 생각에 하지 무라트는 매우 흥분돼서 더는 자리에 앉아 있을 수가 없었다. 그는 벌떡 일어나 다리를 절뚝거리며 빠른 걸음으로 문가로 가서는 옐다르를 불렀다. 해는 아직 뜨지 않았지만, 밖은 제법 환했다. 꾀꼬리는 계속해서 울어대고 있었다.

"가서 경찰서장에게 산책하고 싶다고 말하고 말에 안장을 얹도록 해라." 하지 무라트가 말했다.

24

그 당신 부틀레르의 유일한 위안은 군생활의 시적 감흥이었는데, 공적인 군대 생활을 할 때나 사적 생활을 할 때나 오직 그것에만 몰두해 있었다. 그는 체르케스인의 옷을 입고 기마곡예를 펼쳐 보기도 하고, 보그다노비치와 매복을 두 번이나 나가기도 했는데, 모두 다 적을 발견하지 못해 적군을 생포하거나 죽이지는 못했다. 대담함과 용맹함으로 이름난 보그다노비치와의 우정은 부틀레르에게 즐겁고 중요한 일이었다. 그는 유대인에게 엄청나게 비싼 이자를 약속하고 돈을 빌려 도박 빚을 모두 갚았지만, 그것은 단지 부채를 뒤로 연기한 것일 뿐 해결되지 않은 상태였다. 그는 자신의 처지를 되도록 생각하지 않으려고 애썼고, 그것을 잊기 위해 전쟁에 관한 시적 정취뿐만 아니라 술에 빠져들었다. 그는 점점 더 많이 마셨고, 날이 갈수록 도덕적으로 타락했다. 이제 그는 마리야 드미트리예브나에게 더 이상 멋진 요셉이 아니라, 반대로 그녀에게 무례하게 구애하는 한량이 되었다. 놀랍게도 그녀가 그의 구애를 거절하는 바람에 그는 된통 망신만 당했다.

4월 말에 지금까지 불가능한 것으로 인식되던 체첸 전 지역으로의 진격을 감행하기 위해 바랴틴스키가 파견한 부대가 요새에 도착했다. 파견대에는 카바르딘스키 연대의 2개 중대가 있었는데, 캅카스의 관습에 따라 쿠린스키 연대의 중대원들에게 손님으로 대접을 받았다. 각 병영에 흩어져 있던 병사들은 저녁 식사로 죽과 소고기뿐만 아니라 보드카까지 받았으며, 장교들도 장교 숙소에 배치되어 관습에 따라 지역 장교들에게 극진한 대접을 받았다.

접대는 합창대의 노래와 술로 끝났고 이반 마트베예비치는 술에 잔뜩 취해 얼굴이 빨개졌다가 이내 창백한 회색으로 변한 채 의자에 앉아 상상 속의 적을 향해 칼을 뽑아 휘둘렀고, 욕을 퍼붓다가도 큰 소리로 깔깔거리고, 누군가를 끌어안기도 하면서 자기가 좋아하는 노래, "샤밀이 폭동을 일으킨 지 몇 년이 지났네, 트라이-라이-라타타이, 몇 년이 지났어"에 맞춰 춤을 추었다.

부틀레르도 거기에 있었다. 그는 이런 술자리에서도 시적 감흥을 느끼려고 애썼지만, 가슴 깊은 곳에서 이반 마트베예비치에 대해 연민을 느꼈다. 하지만 그를 말릴 수는 없었다. 부틀레르는 머리까지 술이 올라, 조용히 자리를 떠 집으로 향했다.

보름달이 새하얀 집들과 길 위의 돌들을 비추고 있었다. 달빛이 너무나도 밝아서 길 위의 모든 자갈과 지푸라기, 그리고 배설물까지도 보였다. 집에 거의 도착했을 때, 부틀레르는 숄로 머리와 어깨를 감싼 마리야 드미트리예브나와 마주쳤다. 마리야 드미트리예브나에게 구애를 거절당한 뒤부터 부틀레르는 조금 계면쩍어서 그녀와 마주치는 것을 피하고 있었다. 그러나 지금은 달빛이 비치고 술에 취한 상태라서 그녀와 마주친 것이 기뻤고, 그는 다시 그녀에게 구애하고 싶었다.

"어디 가시는 길인가요?" 그가 물었다.

"우리 영감 마중 가는 길이에요." 그녀는 상냥하게 대답했다. 그녀는 부틀레르의 구애를 아주 진지하고 단호하게 거절했지만, 최근 그가 자신을 피하는 것이 영 꺼림직하던 참이었다.

"뭐하러 마중 나가나요? 곧 오시겠죠."

"곧 올까요?"

"걸어서 못 오면, 누가 데려다주겠죠."

"맞아요. 근데 그게 문제죠." 마리야 드미트리예브나는 말했다. "가보지 않아도 될까요?"

"네, 가지 않으셔도 됩니다. 집으로 함께 가시죠."

마리야 드미트리예브나는 방향을 돌려 부틀레르와 나란히 집으로 향했다. 달빛이 아주 밝게 비추어 도로를 따라 걸어가는 그들의 그림자 머리 주위로 후광이 움직였다. 부틀레르는 자신의 머리 주변의 후광을 보면서 아직도 그녀를 좋아하고 있다고 말하고 싶었으나 어떻게 말을 꺼내야 할지 몰랐다. 그녀는 그가 말을 하길 기다리고 있었다. 그렇게 말없이 집 근처까지 다다랐을 때, 말 탄 사람들이 길모퉁이에서 나타났다. 장교 한 명이 호위병과 함께 오고 있었다.

"누가 오는 걸까요?" 마리야 드미트리예브나가 말하며 옆으로 길을 비켰다.

달빛이 말을 탄 사람 등을 비추고 있었기 때문에, 마리야 드미트리예브나는 그와 나란히 섰을 때야 비로소 누군지 알아볼 수 있었다. 카메네프 장교였는데, 예전에 이반 마트베예비치와 함께 복무했기 때문에 마리야 드리트리예브나가 그를 알아볼 수 있었다.

"표트르 니콜라예비치, 당신인가요?" 마리야 드미트리예브나가 그에게 말했다.

"네, 맞습니다." 카메네프가 말했다. "아, 부틀레르! 잘 지냈나! 아직 자지 않은 건가? 마리야 드미트리예브나와 산책하던 중인가? 조심하게나, 이반 마트베예비치에게 한 방 맞을 수 있어. 그는 어디 있지?"

"바로 저기요, 들리시나요?" 마리야 드미트리예브나는 북소리와 노랫소리가 들려오는 쪽을 가리키며 말했다. "술잔치를 벌이고 있죠."

"당신네 부대원들이 마시는 건가요?"

"아니요, 하사프-유르트에서 온 부대를 환영하는 자리예요."

"아, 그거 잘됐네요. 그럼 나도 끼면 되겠는걸요. 그 전에 그를 잠시 만나야 하는데 말입니다."

"대체 무슨 일인데?" 부틀레르가 물었다.

"사소한 용건이 있어."

"좋은 건가 아니면 나쁜 건가?"

"그건 사람마다 다르지! 우리에게는 좋은 일이지만, 다른 누구에게는 끔찍한 일이니까." 카메네프는 웃음을 터트렸다.

그때 일행은 이반 마트베예비치 집에 도착했다.

"치히료프!" 카메네프는 카자크에게 소리쳤다. "이리로 와!"

돈 지방 출신의 카자크 병사가 호위병 사이에서 나와 다가왔다. 그는 돈 지방의 카자크 제복에 군화를 신고 외투를 걸쳤으며, 말안장 뒤쪽에 안장 가방을 걸쳐놓고 있었다.

"자, 물건을 꺼내봐." 카메네프는 말에서 내리며 말했다.

카자크도 그의 말에서 내려 안장주머니에서 뭔가가 들어있는 자루를 꺼냈다. 카메네프는 카자크의 손에서 자루를 받아 손을 집어넣었다.

"그럼 제가 가져온 소식을 보여드릴까요? 놀라지 마십시오." 그는 마리야 드미트리예브나에게 말했다.

"대체 뭐길래 놀라지 말라는 거죠." 마리야 드미트리예브나가 말했다.

"바로 이겁니다." 카메네프는 인간의 머리를 꺼내 달빛에 비추며 말했다. "알아보시겠어요?"

그것은 눈 위로 두개골이 커다랗게 돌출되고, 면도한 검은 턱수염과 손질한 콧수염에 한쪽 눈은 뜨고 한쪽 눈은 감은 빡빡 깎은 머리였다. 삭발한 두개골은 갈라졌지만, 완전히 쪼개지지는 않았고, 피가 흥건한 코에는 검은 피가 응고되어 있었다. 목에는 피에 젖은 수건이 감겨 있었다. 머리에 수많은 상처가 있음에도 불구하고 파리한 입술에는 어린애 같은 상냥한 표정이 감돌고 있었다.

마리야 드미트리예브나는 머리를 보고는 한마디 말도 하지 않은 채 몸을 돌려 빠른 걸음으로 집으로 들어가 버렸다.

부틀레르는 그 끔찍한 머리에서 눈을 뗄 수가 없었다. 그것은 얼마 전까지만 해도 다정한 대화를 나누며 그와 저녁을 함께 보냈던 하지 무라트의 머리였다.

"대체 어떻게 된 건가? 누가 그를 죽였지? 어디서?" 그가 물었다.

"도망치려다가 붙잡혔다네." 이렇게 대답한 카메네프는 머리를 다시 카자크 병사에게 건넨 뒤 부틀레르와 함께 집으로 들어갔다.

"훌륭한 죽음이었네." 카메네프가 말했다.

"대체 무슨 일이 있었던 건가?"

"잠깐만 기다리게나. 이반 마트베예비치가 오면 모든 것을 상세하게 이야기해 주겠네. 내가 여기로 온 것도 실은 그것 때문이니깐. 나는 모든 아울과 모든 요새를 돌며 하지 무라트의 머리를 보여 주고 있네."

그들은 이반 마트베예비치를 부르러 사람을 보냈고, 그는 그에 못지않게 술에 잔뜩 취한 장교 두 명과 함께 집으로 돌아와 카메네프를 껴안으려 했다.

"저는 당신에게" 카메네프는 말했다. "하지 무라트의 머리를 보여 주려고 왔습니다."

"거짓말! 죽였단 말이야?"

"네, 도망치려고 했습니다."

"내가 말했지, 그가 우리를 속일 거라고. 어디 있지? 머리말이야?

보여 주게나."

카자크를 부르자 그는 머리를 넣은 자루를 가지고 왔다. 머리를 꺼냈고, 이반 마트베예비치는 술에 취한 눈으로 오랫동안 머리를 주시했다.

"그는 항상 훌륭한 친구였어." 그는 말했다. "그에게 입맞춤이라도 해야겠어."

"네, 맞습니다. 그는 훌륭한 사람이었습니다." 장교 중 한 사람이 말했다.

모든 사람이 머리를 살펴본 후, 카자크에게 도로 건네주었다. 카자크는 머리가 바닥에 부딪혀 쿵 소리가 나지 않도록 조심스럽게 머리를 자루에 넣었다.

"이보게, 카메네프, 자네는 머리를 보여 줄 때마다 뭐라고 말하나?" 한 장교가 물었다.

"아니야, 난 그에게 입맞춤해야겠네. 그는 내게 칼을 선물했단 말이야." 이반 마트베예비치가 소리쳤다.

부틀레르는 현관으로 나갔다. 마리야 드미트리예브나는 두 번째 계단에 앉아 있었다. 그녀는 부틀레르를 쳐다보더니 화가 난 듯 고개를 홱 돌렸다.

"왜 그래요, 마리야 드미트리예브나?" 부틀레르가 물었다.

"당신들 모두는 살인마예요. 도저히 참을 수가 없어요. 정말 살인마예요." 그녀는 일어나면서 말했다.

"누구에게나 생길 수 있는 일입니다." 부틀레르는 무슨 말을 해야 할지 몰라 이렇게 말했다. "그게 바로 전쟁이니까요."

"전쟁이라고요!" 마리야 드미트리예브나는 소리쳤다. "도대체 어떤 전쟁인데요? 당신들은 살인마일 뿐이에요. 시체를 땅에 묻어 줘야 하는데, 당신들은 조롱하고 있잖아요. 정말 살인마들이에요." 그녀 는 반복해서 말하고는 현관 계단을 내려가 뒷문을 통해 집으로 들어 가 버렸다.

부틀레르는 객실로 돌아와 카메네프에게 사건의 자초지종을 상세 히 이야기해달라고 부탁했다.

카메네프는 그들에게 이야기하기 시작했다.

사건의 전모는 다음과 같다.

25

하지 무라트는 카자크 호위병이 감시한다는 조건으로 교외로 말을 타러 가는 것을 허락받았다.

누하에는 모두 50여 명의 카자크가 있었는데, 그중 열 명은 장교의 당번병이었으므로 명령대로 열 명씩 하지 무라트를 감시한다면 나머지는 거의 하루건너 한 번씩 나가야 했다.

따라서 첫날 열 명의 카자크를 파견했다가 다섯 명으로 줄이기로 했고, 하지 무라트에게도 누케르를 모두 다 데리고 나가지 말아 달라고 부탁했다. 하지만 4월 25일에 하지 무라트는 다섯 명 모두를 데리고 산책길을 나섰다.

사령관은 하지 무라트가 말에 오르자 다섯 명의 누케르들 역시 모두 다 그를 따라나서는 것을 보고, 모두를 데리고 나가는 것은 안 된다고 말했지만, 하지 무라트는 못 들은 척 말에 박차를 가했고, 사령관도 더는 만류하지 않았다. 카자크들 중에는 게오르기 십자훈장을 받은 젊은 나자로프라는 하사가 있었는데, 그는 갈색 머리털을 바가지 모양으로 깎은 혈색이 좋고 건장한 청년이었다. 가난한 구교도[85] 집안의 장남인 그는 유년시절 아버지를 여읜 후 어머니와 여동생 셋과 남동생 둘을 부양하고 있었다.

"조심하게, 나자로프, 너무 멀리 가지 못하게 해!" 사령관이 말했다.

"알겠습니다. 각하." 나자로프는 대답하고 나서 어깨에 멘 소총을 잡고 등자에 발을 딛고 올라 매부리코에 순하고 커다란 갈색 거세마를 구보로 몰았다. 네 명의 카자크가 그의 뒤를 따랐다. 페라폰토프는 키가 크고 말랐으며, 둘째 가라면 서러운 일류 도둑놈이자 사기꾼으로 감찰로에게 화약을 팔기도 했다. 이그나토프는 조만간 군 복무를 마치고 전역할 예정인 중년으로 종종 힘자랑하는 원기 왕성한 농부였다. 미시킨은 모두에게 조롱당하는 연약한 청년이었으며, 페트라코프는 홀어머니 밑에서 자란 외아들로 항상 밝고 명랑한 금발의 젊은이였다.

아침에는 안개가 꼈지만, 아침 식사 시간이 되자 날이 개면서 태양이 새로 싹튼 나뭇잎과 처녀 같은 풀잎, 그리고 곡물의 싹과 길 왼편에서 빠르게 흐르는 강물 위를 비췄다.

하지 무라트는 평보로 말을 몰았다. 그의 누케르와 카자크들은 뒤처지지 않고 그의 뒤를 따랐다. 그들은 요새를 뒤로하고 길을 따라

---

85) 러시아 정교회의 수장인 총대주교 니콘(1605-1681)이 실시한 종교개혁을 거부한 이들을 구교도라고 명명한다.

천천히 말을 몰았다. 그들은 광주리를 머리에 인 여인들과 짐마차를 탄 병사들, 물소가 끄는 삐걱대는 달구지와 마주쳤다. 2베르스타쯤 갔을 때, 하지 무라트가 카바르다산 백마에 박차를 가해 보통 구보로 바꾸자, 그의 누케르들도 보통 구보로 바꿨다. 카자크도 똑같이 바꿨다.

"와, 정말 좋은 말인데." 페라폰토프가 말했다. "만약에 전쟁 중이 었다면 내가 붙잡았을 텐데 말이야."

"맞는 말이야, 형제, 저 말은 티플리스에서 300루블이나 주고 산 거야."

"하지만 내가 그를 앞지르겠어." 나자로프가 말했다.

"그럼 앞지를 수 있어." 페라폰토프가 말했다.

하지 무라트는 점점 더 속도를 냈다.

"어이, 쿠나크, 그렇게 달리면 안 돼, 천천히 몰아!" 나자로프가 하지 무라트를 뒤쫓으면서 소리쳤다.

하지 무라트는 뒤를 돌아보았지만 아무 말도 하지 않았고, 속도를 늦추지 않고 계속해서 말을 몰았다.

"조심해, 뭔가 꿍꿍이가 있는 것 같아, 젠장." 이그나토프가 말했 다. "저것 봐, 말에 채찍질하잖아."

그들은 그렇게 산 쪽으로 1베르스타쯤 달렸다.

"그렇게 달려서는 안 된다고 했잖아." 나자로프가 하지 무라트에게 다시 한 번 소리쳤다.

하지 무라트는 대답하지도 않고 뒤도 돌아보지 않은 채 속도를 더욱 높여 전속력으로 질주했다.

"우리를 속이고 도망치게 내버려 둘 수는 없지!" 나자로프는 재빨리 소리쳤다.

그는 커다란 그의 갈색 거세마에 채찍질을 하면서 등자 위에 일어서서 상체를 앞으로 기울이며 전속력으로 하지 무라트를 쫓았다.

하늘은 맑고 공기는 신선했으며, 순하고 힘센 말과 하나가 되어 평평한 길을 달리며 하지 무라트를 추격하는 동안 나자로프의 영혼 속에서는 삶의 활기와 기쁨이 솟구쳤으며, 그래서인지 좋지 않은 일과 슬픈 일, 혹은 끔찍한 일이 일어나리란 생각이 전혀 들지 않았다. 그는 차츰 하지 무라트를 따라잡으며 간격을 좁히는 것이 즐거웠다. 하지 무라트는 카자크의 커다란 말의 말발굽 소리가 점점 다가오는 것을 느끼고는 곧 따라잡히겠다는 생각에 오른손으로는 권총을 잡고, 왼손으로는 쫓아오는 말발굽 소리를 듣고 흥분한 자신의 카바르다 산 말의 고삐를 당기기 시작했다.

"그렇게 달려서는 안 된다고 했잖아.!" 나자로프는 하지 무라트와 거의 나란히 달리며 그의 말고삐를 낚아채려고 손을 뻗으면서 소리쳤다. 그러나 말고삐를 낚아채기 전에, 한 발의 총성이 울렸다.

"대체 무슨 짓을 한 거야?" 나자로프는 가슴을 움켜잡으며 소리쳤다. "어이, 저놈들을 죽여버려!" 그는 이렇게 외치고 비틀거리더니 안장 위에 쓰러졌다.

그러나 산악민들은 카자크들보다 먼저 무기를 잡아 권총으로 그들을 쏘고 칼로 베었다. 나자로프는 말 목에 엎어져 쓰러져 있었고, 놀란 말은 그를 태운 채 동료들 주위를 빙빙 돌고 있었다. 이그나토프는 다리가 꺾이며 쓰러진 자신의 말에 깔렸다. 두 명의 산악민이 말을 탄 채로 칼을 뽑아 이그나토프의 머리와 팔을 베어 버렸다. 페트라코프는 동료에게 달려가려 했지만, 그 순간 총알 두 발이 그의 등과 옆구리를 관통했다. 그는 자루처럼 말에서 굴러떨어졌다.

미시킨은 말머리를 돌려 요새로 전력 질주했다. 하네피와 마고마 칸이 그를 쫓아갔지만, 이미 간격이 너무 많이 벌어져서 따라잡을 수 없었다.

하네피와 마고마 칸은 카자크를 따라잡을 수 없다는 것을 깨닫고 동료들에게 돌아왔다. 단검으로 이그나토프의 숨통을 끊어버린 감잘로는 나자로프도 말에서 끌어내려 칼로 베어 버렸다. 마고마 칸은 죽은 이들의 탄약통을 챙겼다. 하네피는 나자로프의 말을 붙잡으려 했지만, 하지 무라트는 그럴 필요가 없다고 외치고 길을 따라 앞으로 나아갔다. 뮤리트들은 뒤에서 따라오는 페트라코프의 말을 내쫓으면서 하지 무라트의 뒤를 따라 달렸다. 그들이 누하에서 약 3베르스타 떨어진 논 중앙을 내달리고 있을 때, 요새의 망루에서 비상을 알리는 총성이 울려퍼졌다.

페트라코프는 배가 갈라진 채로 등을 대고 누워 젊은 얼굴을 하늘로 향한 채 물고기처럼 헐떡이며 죽어가고 있었다.

"오, 주여, 이게 무슨 일입니까!" 하지 무라트의 탈출 소식에 요새 사령관은 머리를 두 손으로 움켜잡으며 소리쳤다. "내 목이 날아가겠군! 그들을 놓치다니 머저리 같은 놈들!" 그는 미시킨의 보고를 들으면서 소리를 질렀다.

사방에 경보를 알렸고, 동원될 수 있는 모든 카자크들이 도망자를 수색했으며, 평화로운 아울에서도 가능한 최대한의 민병들을 소집하였다. 하지 무라트의 목을 가지고 오거나 생포한 자에게 상금으로 1천 루블을 주겠다는 포상금이 걸렸다. 하지 무라트와 그의 누케르들이 카자크들로부터 도망친 지 두 시간이 지났을 때는 200명이 넘는 기마병들이 경찰서장의 지휘에 따라 탈주자 수색과 체포를 위해 달리고 있었다.

하지 무라트는 큰길을 따라 몇 베르스타 달려가다가 땀에 젖어 회색으로 변한 백마가 거칠게 숨을 몰아쉬자 속력을 늦추고 멈춰 섰다. 길 오른편으로는 멜라르지크 아울의 사클랴와 이슬람교 사원의 첨탑이 보였고, 왼편으로는 들판과 그 끝에 강이 보였다. 산으로 가는 길은 오른쪽이었지만, 추격자들이 그쪽으로 쫓아올 거라고 판단한 하지 무라트는 반대편인 왼쪽으로 방향을 틀었다. 그는 길이 나 있지 않은 곳을 지나 알라잔 강을 건넌 뒤, 아무도 예측하지 못할 큰길을 통해 숲으로 간 뒤, 거기서 다시 강을 건너 숲을 통과해 산으로 가려고 생각했다. 그렇게 결정하고 그는 왼쪽으로 향했다. 그러나 강까지 가는 것은 불가능했다. 그들이 가로질러 가야 할 논은 봄에 항상 그러듯이 물에 잠겨 말의 발목까지 빠지는 늪으로 변했기 때문이다. 하지 무라트와 그의 누케르는 이리저리 마른 곳을 찾아보았지만, 논은 죄다 물이 고여 발목까지 빠지는 진창이었다. 말들은 질퍽거리는 진흙에서 발을 뺄 때마다 코르크 마개를 따는 것과 같은 소리를 냈고, 몇 걸음 가다가 멈춰서서는 거친 숨을 몰아쉬곤 했다.

그들은 황혼이 질 때까지 오랜 시간 진창을 뚫고 지나가려고 노력했지만, 결국 강에 도달하지 못했다. 왼쪽으로 잎이 돋아나고 있는 작은 덤불이 섬처럼 솟아 있어서 하지 무라트는 지친 말들을 쉬게 하려고 덤불로 들어가 밤까지 머물기로 했다.

덤불로 들어간 하지 무라트와 그의 누케르들은 말에서 내려 말을 맨 다음 풀을 먹이고, 그들도 준비한 빵과 치즈를 먹었다. 처음에는 초승달이 비춰 밝았지만, 달이 산 뒤로 숨어 버리자 칠흑같이 어두운 밤이 찾아왔다. 누하에는 특히 꾀꼬리가 많았다. 덤불 속에도 두 마리의 꾀꼬리가 있었다. 하지 무라트와 그의 누케르들이 덤불에 들어가면서 인기척을 내자 꾀꼬리들은 울음을 멈췄다. 하지만 그들이 소리를 내지 않고 조용히 있자 다시 울기 시작했다. 하지 무라트는 밤의 소리에 귀를 기울이다가 자기도 모르게 꾀꼬리 소리에 빠져들었다.

꾀꼬리들의 울음소리를 듣고 있자니 아침에 물을 뜨러 갔을 때 들었던 감자트의 노래가 떠올랐다. 그는 지금 당장에라도 감자트가 처했던 상황에 놓일 수 있었다. 그런 상황이 벌어질 수도 있다고 생각하자 그는 갑자기 마음이 무거워졌다. 그는 부르카를 깔고 기도를 올렸다. 기도를 막 끝내려는 순간 덤불 쪽으로 누군가가 다가오는 소리를 들었다. 그것은 철벅거리며 진창을 건너오는 수많은 말발굽 소리였다. 눈이 밝은 마고마 칸이 덤불 숲 가장자리로 달려가 보니, 어둠 속에서 기병들과 보병들의 검은 그림자가 이쪽으로 다가오고 있었다. 하네피는 다른 쪽에서도 비슷한 무리들이 다가오는 것을 보았다. 지방군 사령관인 카르가노프[86]가 자신의 민병대와 함께 온 것이다.

'그래, 감자트처럼 싸우는 거야.' 하지 무라트는 생각했다.

경보가 울리자 카르가노프는 100명의 민병과 카자크들을 데리고 하지 무라트를 추격했지만, 그의 모습은커녕 발자국조차 발견하지 못했다. 추격하는 것을 포기하고 되돌아가던 그는 저녁 무렵 타타르 노인과 마주쳤다. 카르가노프는 노인에게 말을 탄 여섯 사람을 보지 못 했느냐고 물었다. 그러자 노인은 보았다고 대답했다. 그는 말을 탄 여섯 사람이 논에서 빙빙 돌며 헤매다가 자신이 땔나무를 종종 줍는 덤불로 들어가는 것을 보았다고 말했다. 카르가노프는 노인을 앞세워 되돌아갔고, 매여 있는 말들을 보고는 하지 무라트가 거기에 있음을 확신했다. 그는 어둠이 깔리자 덤불을 포위하고 하지 무라트를 죽이든지 혹은 생포하든지 간에 그를 붙잡기 위해 아침까지 기다렸다.

---

86) 카르가노프(Iosif Ivanovich Karganov)는 누하의 군사령관이었다. 하지 무라트는 그의 집에 잠시 머물렀는데, 톨스토이는 카르가노프의 미망인으로부터 하지 무라트의 말투와 외모, 그리고 그의 도주 과정 및 죽음에 대해 상세하게 전해 들었다.

포위되었다는 것을 깨달은 하지 무라트는 덤불 사이에서 오래된 도랑을 발견하고는 그 안에 자리를 잡고 총알과 힘이 다할 때까지 싸우기로 결심했다. 그는 동료들에게 이 사실을 알리고 도랑을 따라 방어 둑을 쌓으라고 명령했다. 누케르는 그 즉시 나뭇가지를 꺾고 단검으로 흙을 파 방어 둑을 쌓기 시작했다. 하지 무라트도 그들과 함께 작업했다.

날이 밝자마자 민병대 부대장은 덤불 근처까지 말을 몰고 와서는 큰 소리로 외쳤다.

"이봐! 하지 무라트! 항복해라! 우리는 병사들이 많고 너희는 적어!"

대답 대신에 도랑에서 연기가 피어오르면서 탁탁하는 소총 소리가 울렸고, 총알이 부대장이 탄 말에 명중해 말이 휘청거리다가 쓰러졌다. 이어서 덤불 가장자리를 에워싸고 있던 민병들이 일제히 탁탁 소리를 내며 소총을 발사했다. 휘파람 소리와 윙윙 소리를 내며 발사된 총알은 나뭇잎과 나뭇가지를 뚫고 흙더미에 부딪혔지만, 방어 둑 뒤에 앉아 있는 사람을 맞히지는 못했다. 다만 옆으로 벗어나 있던 감잘로의 말이 총알에 맞았을 뿐이었다. 말은 머리에 총을 맞았다. 그러나 쓰러지지 않고 다리를 묶은 줄을 끊어버린 후 덤불을 뚫고 말들이 서 있는 곳으로 달려가서는 다른 말에게 머리를 비비며 주변의 어린 풀들을 피로 적셨다. 하지 무라트와 그의 뮤리트들은 앞으로 나오는 민병대만 사격했는데, 목표를 빗나가는 일이 거의 없었다. 세 명의 민병이 부상을 입었고, 민병들은 하지 무라트와 그의 뮤리트들에게 진격할 엄두도 내지 못한 채 뒤로 점점 더 후퇴하여 이제는 멀리 떨어진 곳에서 마구잡이로 총질을 해 댔다.

이렇게 한 시간 넘게 대치하였다. 태양은 나무 중턱까지 솟아올랐다. 하지 무라트가 말에 올라 강을 건너 빠져나갈 방안에 대해 궁리할 때, 새로 도착한 민병대 무리가 접근하는 소리가 들렸다. 메흐툴리의 가지 아가가 그의 뮤리트들을 데리고 온 것이었다. 그들은 약 200명쯤 되었다. 가지 아가는 과거 하지 무라트의 쿠나크였고 산에서도 함께 지냈지만, 후에 러시아로 전향했다. 하지 무라트의 원수의 아들인 아흐메트 칸도 동행했다. 가지 아가도 카르가노프처럼 하지 무라트에게 항복하라고 소리쳤지만, 처음에도 그랬듯이 하지 무라트는 총격으로 응답했다.

"칼을 뽑아라, 병사들아!" 가지 아가가 칼을 뽑으며 소리치자 수백 명이 고성을 지르며 덤불로 돌진하는 소리가 들렸다.

민병들은 덤불로 뛰어들었지만, 흙으로 쌓은 방어 둑에서 연이어 총성이 몇 발 울렸다. 세 명이 쓰러졌고, 공격하던 이들이 멈춰 서서는 덤불 가장자리에서 사격하기 시작했다. 그들은 덤불 여기저기를 이동하며 사격을 하면서 점점 방어 둑으로 접근했다. 몇 명은 방어 둑을 뛰어넘었지만, 하지 무라트와 그의 뮤리트들의 탄환에 쓰러졌다. 하지 무라트는 백발백중이었고, 감잘로도 탄환을 낭비하는 일이 거의 없었으며 그는 자기가 쏜 총알이 명중할 때마다 기쁨의 환호성을 질렀다. 쿠르반은 도랑 가장자리에 앉아 〈라 일라하 일 알라〉를 부르며 침착하게 총을 쏘았지만 대부분 빗나갔다. 옐다르는 적진으로 돌격하고 싶어서 단검을 든 채 온몸을 부르르 떨었고, 끊임없이 하지 무라트를 돌아보기도 하고 방어 둑 뒤에서 몸을 일으키기도 하면서 총을 쏘아댔다. 털이 텁수룩한 하네피는 양 소매를 걷어붙이고 조수 역할을 하고 있었다. 그는 하지 무라트와 쿠르반이 건넨 총을 받으면 기름천에 싸맸던 탄환을 꺼내 총구에 넣고 쇠 꽂을대로 조심스럽게 쑤셔 준 뒤 화약통에서 꺼낸 마른 화약을 거기에다 넣어 장전했다. 마고마 칸은 동료들처럼 도랑에 앉아 있지 않고 도랑과 말들 사이를 왔다 갔다 하면서 말을 더 안전한 곳으로 옮기곤 했으며, 계속해서 소리를 질러 대면서 총 받침대도 없이 팔로 총을 받치고 사격했다. 그래서 그가 처음으로 부상을 당했다. 목에 총을 맞고 욕설을 퍼붓다가 피를 쏟아 내면서 주저앉았다. 그다음 하지 무라트가 부상을 입었다. 총알이 그의 어깨를 관통했다. 하지 무라트는 베시메트에서 솜을 뜯어 상처를 틀어막고는 사격을 계속했다.

"칼을 빼들고 돌격합시다." 옐다르가 세 번째 반복해서 말했다.

그는 적에게 돌격할 준비를 하고 방어 둑 뒤에서 몸을 일으켰는데, 바로 그때 총알에 맞아 비틀거리다가 하지 무라트 발 위로 하늘을 향한 채 쓰러졌다. 하지 무라트는 그를 쳐다보았다. 양처럼 선한 눈이 진지하고 근엄하게 하지 무라트를 쳐다보고 있었다. 아이처럼 윗입술이 도톰하게 튀어나온 입은 꾹 다문 채 떨고 있었다. 하지 무라트는 그의 몸에서 발을 빼고 다시 적을 겨눴다. 하네피는 죽은 옐다르에게 몸을 굽혀 그의 체르케스카에서 남아 있는 총탄을 재빨리 꺼냈다. 이 와중에도 쿠르반은 노래를 부르며 천천히 총을 장전하고 사격했다.

적들은 고함을 내지르면서 덤불을 여기저기 뛰어다니며 점점 더 가까이 다가왔다. 하지 무라트는 옆구리에 또 한발을 맞았다. 그는 도랑에 누워 베시메트에서 또다시 솜을 뜯어 상처를 틀어막았다. 이 옆구리의 총상은 치명적이었고, 그는 죽음을 예감했다. 그의 공상 속에서 기억과 환영이 빠르게 교차하였다. 그의 눈앞에 한 손에는 칼을 쥐고 다른 한 손에는 칼에 잘려 너덜거리는 뺨을 누르면서 적에게 다가서는 용감한 아부눈찰 칸의 모습이 스쳐 지나갔다. 다음으로는 교활해 보이는 창백한 얼굴에 연약하고 혈색이 좋지 않은 늙은 보론초프 공작의 모습과 그의 부드러운 목소리가 들렸다. 그리고 아들 유수프와 아내 소피아트, 붉은 턱수염에 핏기없는 얼굴로 눈을 가늘게 뜨고 있는 적 샤밀도 스쳐 지나갔다.

이 모든 기억은 공상 속에서 아무런 연민도, 증오도, 그리고 희망도 환기하지 못한 채 흘러가 버렸다. 이 모든 것은 이미 시작되었던 일들과 지금 시작된 일에 비하면 그다지 중요하다고 생각되지 않았다. 그런 와중에도 그의 강인한 육체는 이미 시작했던 일을 계속했다. 그는 남은 마지막 힘을 모아 방어 둑 뒤에서 몸을 일으켜 그에게 달려오는 적을 향해 권총을 발사했다. 적이 쓰러졌다. 그다음에 하지 무라트는 도랑에서 기어나와 단검을 손에 쥐고 다리를 심하게 절면서 적을 향해 똑바로 걸어갔다. 몇 발의 총성이 울렸고, 그는 비틀거리다가 쓰러졌다. 그러나 죽은 줄 알았던 그의 몸이 갑자기 꿈틀거리기 시작했다. 먼저 그는 파파하를 쓰지 않은, 빡빡 깎은 피투성이 머리를 쳐들더니, 그다음 나무를 붙잡고는 몸을 완전히 일으켜 세웠다. 그 모습이 너무나도 끔찍하여 그에게 달려들던 적들이 발걸음을 멈췄다. 하지만 그는 갑자기 몸을 떨면서 나무에서 비틀거리며 떨어지더니 온몸을 쭉 펴고는 마치 베어 버린 엉겅퀴처럼 앞으로 고꾸라져 더이상 움직이지 않았다.

그는 움직이지 못했지만, 감각은 여전히 살아 있었다. 그에게 맨 먼저 다가온 가지 아가가 큰 칼로 그의 머리를 내리쳤을 때, 그는 망치로 얻어맞은 것 같았고, 도대체 누가 왜 이런 짓을 하는지 이해할 수가 없었다. 그것이 그의 육체와 연결된 마지막 의식이었다. 그 이후로 그는 더이상 아무것도 느끼지 못했지만, 적들은 이제 그와 아무런 연관이 없는 육체를 짓밟고 난도질했다. 가지 아가는 하지 무라트의 등에 한 발을 올려놓고는 칼로 두 번 내리쳐 목을 자른 뒤, 자신의 군화에 피가 묻지 않게 하려고 머리를 발로 조심스럽게 굴렸다. 목의 동맥에서 선홍색 피가 솟구쳤고, 머리에서는 검붉은 피가 흘러 주변의 풀을 적셨다.

카르가노프도, 가지 아가도, 아흐메트 칸도, 그리고 모든 민병도 짐승을 잡은 사냥꾼처럼 하지 무라트와 그의 사람들 (하네피, 쿠르반과 감잘로는 묶여 있었다.) 둘레에 모였고, 화약 연기가 자욱한 덤불 속에서 즐겁게 이야기를 나누며 승리의 기쁨을 나눴다.

총성이 울리는 동안 침묵했던 꾀꼬리들이 다시 울기 시작했는데, 처음 가까이에 있던 한 마리가 울자 멀리 떨어진 덤불 끝에서 다른 한 마리의 꾀꼬리가 울었다.

쟁기질 된 들판 한가운데에서 짓뭉개진 엉겅퀴를 보았을 때 나에게는 이 죽음이 떠올랐다. (1896-1904)

톨스토이와 『하지 무라트』

1

『안나 카레니나』의 마지막 연재분(1877년)을 탈고한 직후인 1879년, 톨스토이는 『참회록』과 『나의 신앙』에 대한 집필을 시작으로 순수 예술가에서 구도자의 길로 접어들었다. 『전쟁과 평화』와 『안나 카레니나』를 창작한 위대한 작가로서 톨스토이가 칭송받았던 이유 중 하나는, 삶과 사물을 꿰뚫어 보는 그의 예민한 감각과 섬세한 의식 때문이었다. 이를테면, 내면에서 솟구치는 감성에 이끌려 행동하는 자연스러운 욕망과 사랑의 떨림, 그 떨림에 화답하는 듯한 온화한 달빛과 봄의 온기를 잔뜩 머금은 빗방울, 그리고 그 온기에 취해 생명감을 맘껏 뽐내는 자작나무에 이르기까지 톨스토이는 삶의 생생한 숨결과 양상을 섬세한 필력으로 담아냄으로써, 감각하고 있지만 이를 구체적으로 증명할 수 없는 세계를 묘사하는 탁월한 능력을 보여줬다.

그런 그에게 죽음에 대한 공포는 그의 삶과 문학을 송두리째 변화시켰다. 사실 죽음은 톨스토이의 주변을 늘 맴돌고 있었다. 유년 시절에 돌아가신 부모님과 그를 양육했던 할머니와 고모들의 잇따른 죽음 그리고 자녀들의 죽음에 이르기까지, 톨스토이는 사랑하는 이들의 죽음을 곁에서 지켜봐야만 했다. 그러던 어느 날 토지 매입차 사란스크로 향하던 톨스토이는 아르자마스라는 곳에서 하룻밤을 묵게 되었는데, 고된 여정 탓에 심신이 몹시 지쳤던 그는 심각한 탈진으로 인해 혼수상태에 빠지게 되었다. 밤새 몇 번의 고비를 넘긴 끝에 가까스로 회복할 수 있었지만, '아르자마스의 공포'라 명명된 이 경험은 톨스토이에게 깊은 인상을 남겼다. 특히 자신의 생이 얼마 남지 않았다는 자각은 그 한정된 기간 안에 삶의 수수께끼를 풀어야 한다는 강박관념으로 그를 짓누르기 시작했다. 이에 톨스토이는 4대 복음서에서 제시하는 윤리적 명제를 초석으로 삼아 삶의 보편적 도덕률과 이상적인 공동체를 위한 삶의 양식을 정립해 나가기 시작했다. 그러면서 문학의 기능 역시도 '사람마다 간직한 영혼의 비밀을 형상화하는 것'에 있는 것이 아니라 한 사회가 규정한 최고선을 일깨워주는 것에 있다고 판단했다. 『이반 일리치의 죽음』과 『사람은 무엇으로 사는가』는 바로 이 시기에 창작된 작품으로, 톨스토이는 자기희생과 사랑과 같은 보편적 도덕률을 환기하는 것이 문학의 소임이라 생각했다.

흥미로운 것은 『예술이란 무엇인가』를 집필하면서 자신의 변화된 문학관을 재정립하던 바로 그 시기에 톨스토이는 자신의 예술론과 정면으로 상충하는 『하지 무라트』를 창작하고 있었다는 점이다. 특히 이 작품은 4대 복음서 중에서 톨스토이가 가장 강조했던 비폭력, 무저항주의와 정면으로 배치된다. 황제 니콜라이와 이맘 샤밀이 휘두르는 전제주의적 폭력성과 체첸인들의 호전성은 '악한 자에게 폭력으로 대적하지 말라'라는 그의 핵심 계명을 무색하게 한다. 게다가 이 작품은 그의 예술론과도 상충하는데, 공동체를 위한 자기희생도 그리고 최고선에 대한 작가의 목소리도 철저하게 배제됐기 때문이다. 그래서인지 『하지 무라트』는 톨스토이 생전에 발표되지 못하다가, 그가 사망하고 2년이 지난 1912년에야 사후 작품 모음집에 실릴 수 있었다. 그렇다면 톨스토이는 자신의 예술론과 상충하는 『하지 무라트』를 창작한 이유는 무엇일까?

2

아바르인(Avari) 하지 무라트는 실존 인물로 북캅카스 무슬림 부족의 지도자였던 이맘 샤밀의 용맹한 전사였다. 19세기 중반 러시아는 캅카스 지역에 거주하고 있던 체첸 산악민을 병합하기 위해 대대적인 공격을 감행했다. 이에 대부분의 산악민들은 러시아군에 맞서 성전에 참여했지만, 그중 일부는 러시아로 전향했다. 하지 무라트도 처음에는 아바르족의 생존과 아바르 지역의 칸(Khan)이 되기 위해 러시아 편에 서서 샤밀에 대항하였다. 하지만 칸이 되려는 그의 야망을 알게 된 아흐메트 칸은 하지 무라트를 샤밀과 내통한 첩자라 모함했고, 이에 그는 어쩔 수 없이 샤밀의 손을 잡게 되었다. 성전에 참여하게 된 하지 무라트는 러시아군을 무찌르며 혁혁한 공을 세웠지만, 위대한 전사로 그의 명성이 높아질수록 샤밀의 견제 또한 점점 더 심해졌다. 결국 생명의 위협을 느낀 하지 무라트는 러시아군으로 또다시 전향하게 되었다.

톨스토이가 하지 무라트를 처음 알게 된 것은 바로 이 무렵이었다. 그는 1851년 군입대 시험을 치르기 위해 티플리스(트빌리시의 옛 이름)에 머물렀는데, 이때 하지 무라트의 전향 소식을 접하게 되었다. 톨스토이는 러시아와 샤밀 사이에서 갈등하는 그를 부정적으로 평가했는데, 형 세르게이에게 보낸 편지에서 러시아군으로 전향한 그를 비열한 인간이라 규정지었다. 그랬던 그가 45년이 지난 1896년 8월부터 무려 8년이라는 긴 세월 동안 『하지 무라트』를 창작하는 데 심혈을 기울인 것은 아이러니하다. 그렇다면 생의 끝자락에서 하지 무라트를 회상한 이유는 무엇일까?

무엇보다도 그것은 자유에 대한 동경이었다. 청년시절부터 캅카스, 카잔, 크리미아를 떠돌아다녔던 톨스토이에게 인공적인 도시와 대비되는 광활한 대자연은 생명의 근원이자 삶의 시원이었다. 그는 대자연의 섭리에 순응하면서 생이 주는 기쁨을 만끽하고 자신의 내적 자연과 내밀히 교감하며 사는 삶을 '자유'로 인식했다. 그가 자신의 문학적 시원인 캅카스로 회귀했던 것도 자연과 문명이라는 이분법적 대립 구도 속에서 자유의 의미를 성찰하기 위함이었다. 따라서 『하지 무라트』에는 『카자크 사람들』처럼 톨스토이의 문학 세계가 표상하고 있는 주요한 명제인 '순수한 자연과 인공적인 문명의 대비'가 반복되고 있다. 이맘 샤밀과 황제 니콜라이 1세로 대변되는 전제적 권력의 야만적 폭력성과 인공적인 문화는 하지 무라트와 산악민들의 자연성과 용기, 그리고 순수한 미덕과 명료하게 대비된다. 예컨대 의대생에게 만 이천대의 태형을 선고한 니콜라이와 절도범의 손을 잘라버리고 유수프의 눈을 뽑아버리라고 명령한 샤밀에게서 전제군주의 가학성을 엿볼 수 있다. 또한 스웨덴 가정교사의 스무 살 딸 코페르베인과 하룻밤을 보낸 뒤 모녀에게 생활비를 보내는 니콜라이와 열여덟 아미네트에 빠져 문 앞에서 서성이던 샤밀의 모습에서 그들의 부도덕함을 확인할 수 있다. 도박으로 돈을 탕진한 후 이를 외면하기 위해 술에 찌들어 지내면서 마리야에게 추파를 던지는 부틀레르의 모습 역시 마찬가지이다. 이에 반해, 하지 무라트의 항전은 가족의 자유와 민족의 독립을 위해, 그리고 궁극적으로는 자기 자신의 자유를 획득하기 위한 투쟁이었다. "몸의 한 부분이 찢기고, 창자가 터지고, 팔이 잘리고, 눈알이 뛰어나온 것과 같은 모습"으로 꼿꼿이 서 있던 엉겅퀴처럼 하지 무라트는 자신의 신념과 자유를 위해 전제권력에 맞서 투쟁했던 것이다.

하지만 톨스토이는 『전쟁과 평화』의 플라톤 카라타예프나 『이반 일리치의 죽음』의 게라심처럼 하지 무라트를 이상적인 인물로만 형상화하지 않았다. 이와 관련하여 1898년 3월 21일 자 톨스토이의 일기를 주목해 볼 필요가 있다.

> 변화하는 인간의 본성을 명료하게 표현할 수 있는 작품을 쓴다면 얼마나 좋을까. 한 사람이 이제 악당이 되었다가, 이제 천사가 되고, 현자였다가, 이제 강한 사람이 되고, 이제 가장 무능한 피조물이 되었다는 사실을. . . . 핍쇼(peep show)라고 불리는 영국의 장난감이 있는데, 처음에는 하나, 다음에는 다른 것이 유리 아래로 보인다. 이것이 하지 무라트를 보여주는 방법이다. 남편으로서, 광신자로서. . . .

톨스토이는 인간 본성의 다층성을 형상화하는 것이 『하지 무라트』를 창작한 의도라 밝히고 있다. 이러한 그의 관심은 같은 시기에 집필했던 『부활』에서도 엿볼 수 있다. 그는 인간의 본성을 강물에 비유하면서, "한 줄기 강물이라고 할지라도 여기서는 물살이 빠르다가도 저기서는 물살이 느려지고, 또 여기서는 맑고 따뜻하다가도 저기서는 혼탁하고 차갑기도 한 것처럼" 카튜샤 안에 중첩된 인간 본성에 주목하여 이를 문학적으로 형상화하는 데 심혈을 기울였다.

『하지 무라트』 역시 마찬가지이다. 톨스토이는 감자트에게 겁을 먹고 도주하는 하지 무라트와 50m나 되는 절벽을 두려움 없이 뛰어내리는 하지 무라트를 병치시키고, 볼모로 잡혀 있는 아들을 생각하며 불카에게 순수한 미소를 짓는 하지 무라트와 탈주하는 과정에서 아들뻘밖에 안 되는 나자로프를 무참히 살해하는 하지 무라트를 병치시킴으로써 한 존재에 극단적으로 대비되는 본성이 내재해 있음을 드러내고 있다. 이슬람 율법에 따라 하루에 다섯 번 신실하게 기도를 올리다가도 개인적인 복수를 위해 율법에 어긋난 살인을 감행하는 모습 또한 빼놓을 수 없다. 특히 톨스토이는 이치에 밝은 하지 무라트의 모습을 반복적으로 묘사하였는데, 보론초프가 선물한 값비싼 브레게 시계를 흔쾌히 받는 장면과 원수였던 아흐메트 칸이 사망하자 망자의 미망인을 납치하여 몸값을 챙겼던 것, 러시아 참사관에게 당당하게 금화를 요구하는 장면 역시 아바르족 영웅이 지닌 이미지와는 동떨어진다. 마찬가지로 독살에 대한 걱정으로 커피도 마시지 않고 음식마저도 마리야가 퍼서 담은 바로 그 자리만 퍼담아 먹는 소심함은 용맹한 전사의 이미지와 상충한다.

이처럼 톨스토이는 하지 무라트가 지닌 본성을 다양한 각도에서 조망하였다. 이를 위해 그는 서로 밀접한 상관성이 떨어지는 개별적인 장들을 일정한 규칙에 따라 배열하는 플롯 구성을 선택하였다. 이를테면, 25개의 장으로 구성된 이 작품은 하지 무라트에만 초점을 맞추지 않고 그와 직간접적으로 연관된 존재들의 삶을 비중 있게 다루고 있는데, 이는 역사란 수많은 존재들의 삶이 빚어내는 총체라는 사실과 작품의 주제인 전제적 권력의 야만성과 대비되는 산악민들의 자율성을 효과적으로 드러내고 있다. 그뿐만 아니라, 개별적인 장들과 '곁가지 이야기'들은 하지 무라트가 지닌 본성을 다양한 각도에서 비춰주고 있다. 압데예프의 죽음과 그의 가족사, 니콜라이 및 샤밀의 하루, 성자상과 관련하여 감잘로와 마고마 칸의 논쟁, 부틀레르의 시적 감흥, 하지 무라트의 어머니가 잉태한 전설, 그리고 꾀꼬리들의 울음소리 등은 일정한 규칙에 따라 대조적으로 병치됨으로써 작품의 주제 및 하지 무라트의 본성을 형상화하고 있다. 따라서 개별적인 장이 지닌 의미와 그것이 어떻게 대위법적으로 병치되는지를 살펴보는 것은 작품을 보다 더 풍요롭게 읽는 방법이 될 것이다.

소설은 하지 무라트의 죽음으로 끝을 맺는다. 톨스토이는 『하지 무라트』를 창작하던 시기에 작성한 『인생의 길』(*Путь жизни*)에서 죽음에 대해 다음과 같이 언급한 바 있다. "육체, 그것은 곧 영혼을 가두고 자유롭게 되기를 방해하는 벽이다. [중략] 죽음은 완전하게 영혼을 해방시켜 준다. 따라서 진실한 삶을 사는 사람들에게 죽음은 두렵지 않을 뿐만 아니라 오히려 기뻐할 현상이다." 하지 무라트는 처음에는 캅카스의 관습에 따라 의형제들의 복수를 위해 싸웠고, 그다음으로는 자신의 권력과 가족을 지키기 위해 투쟁하였으며, 마지막에는 가장 이타적으로 자신의 가족을 위해 싸웠다. 그리고 그 투쟁의 끝에서 그는 죽음이 육체적인 속박과 욕망에서 벗어나 영원의 자유를 획득하는 길임을 깨달았다. 잔인하게 도륙된 하지 무라트의 주검 위로 꾀꼬리들이 하나, 둘씩 울어대는 장면은 인간의 역사 너머에 순환하는 자연의 질서가 독자적으로 흘러가고 있음을 처연하게 묘사한 빼어난 대목이라 할 수 있다. 동시에 '무심한 자연'은 가족과 자유를 위한 투쟁이 대자연의 섭리에 비춰보았을 때, 얼마나 덧없는지를 비유적으로 형상화하고 있다. 생의 끝자락에 서 있었던 톨스토이가 하지 무라트에 주목했던 것도 어쩌면 이러한 이유 때문이 아니었을까? 자율성의 의미를 탐구하고 보편적 도덕률을 정립하기 위해 평생을 고뇌했지만 명쾌한 해답을 찾지 못했던 톨스토이가 하지 무라트에게 친연성을 느꼈던 것은 우연이 아니었다고 생각한다.

2022년 8월 15일
최인선